"

मेरे लिए कहानी निरन्तर परिवर्तित होते रहनेवाली एक निर्णय-केन्द्रित प्रक्रिया है। मैं 'मनुष्य के लिए राजनीति' में विश्वास करता हूँ 'राजनीति के लिए मनुष्य' में नहीं, यह दोनों स्थितियाँ उतनी विरोधी नहीं हैं जितनी कि आज के समय-सन्दर्भ में बन गई हैं और जो स्थिति आज है वही यथार्थ है—आदर्शों के सीमान्त पर तो अन्ततः सब ठीक साबित हो सकता है पर आदर्शों तक पहुँचने की राह में मनुष्य को कितना छला गया है और कितना छला जाता है यह नज़रअन्दाज़ नहीं किया जा सकता है। यातनाओं के जंगल से गुज़रते मनुष्य की इस महायात्रा का जो सहयात्री है वही आज का लेखक है सह और समान्तर जीनेवाला सामान्य आदत के साथ।

"

मेरी प्रिय कहानियाँ

कमलेश्वर

राजपाल

ISBN : 978-93-5064-058-6

संस्करण : 2016 © गायत्री कमलेश्वर

MERI PRIYA KAHANIYAN (Stories) by Kamleshwar

राजपाल एण्ड सन्ज़

1590, मदरसा रोड, कश्मीरी गेट, दिल्ली-110006

फोन: 011-23869812, 23865483, फैक्स: 011-23867791

website : www.rajpalpublishing.com

e-mail : sales@rajpalpublishing.com

भूमिका

मुझे जिन तकलीफों ने सताया है, उन्हें लेकर जब-जब मैंने जो कुछ लिख पाने की कोशिश की है, वही मुझे सही लगता है। और जो कुछ सही है, वही प्रिय भी है। तकलीफदेह बात यह है कि कष्ट और यातना के इन प्रसंगों को 'प्रिय' कहना पड़ रहा है।

कहानियाँ मेरे लिए मूलतः 'असहमति' का माध्यम हैं। इस असहमति के स्तर और क्षेत्र क्या रहे हैं, यह कहानियाँ खुद ही बता देंगी। जब से अपने चारों तरफ की दुनिया की ओर देखना शुरू किया तो पाया, कहीं कुछ भी बदल नहीं रहा था, इसलिए मुझे बदलना पड़ा। मुझे मेरे चारों ओर के कटु यथार्थ ने बदल दिया। दसवाँ पास करते-करते क्रान्तिकारी समाजवादी पार्टी के प्रगाढ़ सम्पर्क में आया, मार्क्सवाद की सक्रिय पाठशाला में शामिल हुआ और 'जनक्रान्ति' में शहीदों के जीवन-चरित्र पर छोटे-छोटे लेख लिखने शुरू किए—वहीं से शायद लेखन की विधिवत् दीक्षा मिली, और फिर उसी में अपने निर्णय जुड़ते गए। यही कहानियाँ, 'निर्णयों का पर्याय' बनती गईं। मेरे लिए मेरी कहानियाँ समय की धुरी पर घूमती सामान्य सच्चाइयों के प्रति और पक्ष में लिए गए निर्णयों की कहानियाँ हैं। कहानी यदि लेखक का 'निर्णय' नहीं है, तो क्या है?

कहानी के सौन्दर्यवादी, साहित्यशास्त्रीय इकाई होने में मेरा विश्वास नहीं समाता। मुझे नहीं मालूम कि वे कहानियाँ कैसे लिखी जाती हैं। मेरे लिए कहानी निरन्तर परिवर्तित होते रहनेवाली एक निर्णय-केन्द्रित प्रक्रिया है। और यह निर्णय? ये निर्णय मात्र वैयक्तिक नहीं हैं। वैयक्तिक है असहमति की जलती आग। इसीलिए मैं 'मनुष्य के लिए राजनीति' में विश्वास करता हूँ, 'राजनीति के लिए मनुष्य' में नहीं। ये दोनों स्थितियाँ उतनी विरोधी नहीं हैं, जितनी कि आज के समय-सन्दर्भ में बन गई हैं। और जो स्थिति आज है, वही यथार्थ है—आदर्शों के सीमान्त पर तो अन्ततः सब ठीक साबित हो सकता है। पर आदर्शों तक पहुँचने की राह

में मनुष्य को कितना छला गया है, और कितना छला जाता है, इसे नज़रअन्दाज़ कैसे किया जा सकता है? यातनाओं के जंगल से गुज़रते मनुष्य की इस महायात्रा का जो सहयोगी है, वही आज का लेखक है। सह और समान्तर जीनेवाला, सामान्य आदमी के साथ।

'राजा निरबंसिया' और 'देवा की माँ' उसी आधारभूत 'निर्णय' की कहानियाँ हैं, जिसका ज़िक्र ऊपर मैंने किया है। या यों कहिए कि ज़िन्दगी से आए पात्रों के निर्णयों को मैंने रेखांकित किया है। जीवन और उसके परम्परागत मूल्यों के प्रति उन पात्रों की असहमति ही मेरी असहमति भी है। इस प्रथम दौर की कहानियाँ हैं : 'सींखचे', 'मुर्दों की दुनिया', 'आत्मा की आवाज़', 'राजा निरबंसिया', 'देवा की माँ', 'भटके हुए लोग', 'कस्बे का आदमी', 'गर्मियों के दिन', 'एक अश्लील कहानी', 'अकाल', 'पीला गुलाब' आदि (सन् '52 से '58-'59 तक)। इस दौर की अन्तिम कहानी थी—'नीली झील'। और इकलौता उपन्यास है—'एक सड़क सत्तावन गलियाँ'।

यह मैनपुरी-इलाहाबाद के बीच का समय है। यों मेरी पहली कहानी है—'कामरेड', जो किसी संकलन में शामिल नहीं है। एटा से निकली 'अप्सरा' पत्रिका में छपी थी।

दिल्ली में मैं सन् '59-'60 में आया। तब जिस रचनात्मक दबाव से गुज़रा वह 'खोई हुई दिशाएँ' संकलन की भूमिका में मौजूद है। 'नई कहानी की भूमिका' सन् '65 में लिखी गई, जो नई कहानी के पूरे दौर का मेरा अपना विश्लेषण है। सन् '63 से '65 तक 'नई कहानियाँ' पत्रिका का सम्पादन करते हुए जो वैचारिक उथल-पुथल रही, उसे उस समय लिखे सम्पादकीय बता सकते हैं और सन् '66-67-'68 में जो कुछ और सोचा, वह चार किस्त लम्बे लेख 'ऐय्याश प्रेतों का विद्रोह' (धर्मयुग में प्रकाशित) में बहुत हद तक मौजूद है।

दिल्ली पहुँचकर इस दूसरे दौर की कहानियों की शुरुआत 'जार्ज पंचम की नाक' और 'दिल्ली में एक मौत' कहानियों से होती है, जिनके बाद 'खोई हुई दिशाएँ', 'पराया शहर', 'एक रुकी हुई ज़िन्दगी', 'तलाश', 'दुःखभरी दुनिया', 'जो लिखा नहीं जाता', 'एक थी विमला', 'अपने देश के लोग' आदि कहानियाँ लिखी गईं और इस दौर का अन्त हुआ—'मांस का दरिया' और 'युद्ध' कहानियों से। उपन्यास लिखे—'डाक बंगला', 'लौटे हुए मुसाफिर', 'तीसरा आदमी' और 'समुद्र में खोया हुआ आदमी'।

इसके बाद सन् '66 के दिसम्बर में बम्बई आया। और इस तीसरे दौर

की शुरुआत हुई...'या कुछ और' तथा 'नागमणि' से। फिर 'लड़ाई', 'बयान', 'जोखिम', 'रातें', 'लाश', 'मैं', 'अपना एकान्त', 'उस रात वह मुझे ब्रीच कैण्डी' ...'कितने पाकिस्तान' आदि कहानियाँ लिखी गईं।

मोटे तौर पर यदि कहूँ तो पहला दौर था अपने 'कथा स्रोतों की पहचान और अपने परिवेश में जीने' का। जिनके लिए 'नई कहानी' ने रूढ़िबद्ध गद्य साहित्य से विद्रोह किया। और कथ्य की धुरी पर कहानी को केन्द्रित किया। दूसरा दौर था 'व्यक्ति के दारुण और विसंगत सन्दर्भों को समय के परिप्रेक्ष्य में समझने' का और तीसरा दौर है 'यातनाओं के जंगल से गुज़रते मनुष्य के साथ और समान्तर चलने' का।

और इस अनवरत यात्रा में जो निर्णय (इस संकलन के प्रकाशन तक) लिए गए, वे ही यहाँ संकलित हैं। इन निर्णयों का अब कोई मोह नहीं है। लगता यही है कि सन् '50-52 के आसपास का वह विद्रोह भी ज़रूरी था, और दूसरे दौर का वह प्रयास भी कि समय-संगत यथार्थ को स्वीकार और अभिव्यक्त किया जाए, जिसकी सीधी परिणति तीसरे दौर की चेतना है; मेरे लिए—सामान्य आदमी की नियति से जुड़ा हुआ लेखन। एक और तरह से कहूँ तो अनुभव के क्षेत्र की प्रामाणिक पहचान, अनुभव के समय-संगत सन्दर्भ और अनुभव के अर्थों तक जाने की कोशिश...शायद यही है मेरी कहानियों का।

मुझे पात्रों ने कभी कहानियाँ नहीं दी हैं। मुझे हमेशा उनकी स्थितियों ने ही कहानियाँ दी हैं। यदि कोई कहानी पात्र-केन्द्रित हो गई है तो वह मेरे लेखन की कमज़ोरी है, पर जान-बूझकर पात्रों को विरूप कर देने की कोशिश भी मैंने नहीं की है, क्योंकि सच्चाइयाँ इतनी इकहरी नहीं हैं कि उन्हें भारी हाथ से उठाया जा सके।

बम्बई   —कमलेश्वर

18.01.72

क्रम

राजा निरबंसिया

'एक राजा निरबंसिया थे,' माँ कहानी सुनाया करती थीं। उनके आस-पास ही चार-पाँच बच्चे अपनी मुट्ठियों में फूल दबाए कहानी समाप्त होने पर गौरों पर चढ़ाने के लिए उत्सुक-से बैठ जाते थे। आटे का सुंदर-सा चौक पुरा होता, उसी चौक पर मिट्टी की छह गौरें रखी जातीं, जिनमें से ऊपर वाली के बिंदिया और सिंदूर लगता, बाकी पाँचों नीचे दबी पूजा ग्रहण करती रहतीं। एक ओर दीपक की बाती स्थिर-सी जलती रहती और मंगल-घट रखा रहता, जिस पर रोली से सथिया बनाया जाता। सभी बैठे बच्चों के मुख पर फूल चढ़ाने की उतावली की जगह कहानी सुनने की सहज स्थिरता उभर आती।

''एक राजा निरबंसिया थे'', माँ सुनाया करती थीं, ''उनके राज में बड़ी खुशहाली थी। सब वरण के लोग अपना-अपना काम-काज देखते थे। कोई दुखी नहीं दिखाई पड़ता था। राजा के एक लक्ष्मी-सी रानी थी, चंद्रमा-सी सुंदर और... और राजा को बहुत प्यारी। राजा राज-काज देखते और सुख से रानी के महल में रहते...''

मेरे सामने मेरे खयालों का राजा था, राजा जगपती ! तब जगपती से मेरी दांतकाटी दोस्ती थी, दोनों मिडिल स्कूल में पढ़ने जाते। दोनों एक-से घर के थे, इसलिए बराबरी की निभती थी। मैं मैट्रिक पास करके एक स्कूल में नौकर हो गया और जगपती कस्बे के ही वकील के यहाँ मुहर्रिर। जिस साल जगपती मुहर्रिर हुआ, उसी वर्ष पास के गांव में उसकी शादी हुई, पर ऐसी हुई कि लोगों ने तमाशा बना देना चाहा। लड़की वालों का कुछ विश्वास था कि शादी के बाद लड़की की विदाई नहीं होगी। ब्याह हो जाएगा और सातवीं भांवर तब पड़ेगी, जब पहली विदा की सायत होगी और तभी लड़की अपनी ससुराल जाएगी। जगपती की पत्नी थोड़ी-बहुत पढ़ी-लिखी थी, पर घर की लीक को कौन मेटे ! बारात बिना बहू के वापस आ गई और लड़के वालों ने तय कर लिया कि अब जगपती की

शादी कहीं और कर दी जाएगी, चाहे कानी-लूली से हो, पर वह लड़की अब घर में नहीं आएगी। लेकिन साल खतम होते-होते सब ठीक-ठाक हो गया। लड़की वालों ने माफ़ी मांग ली और जगपती की पत्नी अपनी ससुराल आ गई।

जगपती को जैसे सब-कुछ मिल गया और सास ने बहू की बलाइयाँ लेकर घर की चाबियाँ सौंप दीं, गृहस्थी का ढंग-चार समझा दिया। जगपती की मां न जाने कब से आस लगाए बैठी थीं। उन्होंने आराम की साँस ली। पूजा-पाठ में समय कटने लगा, दोपहरियाँ दूसरे घरों के आँगन में बीतने लगीं। पर साँस का रोग था उन्हें, सो एक दिन उन्होंने अपनी अंतिम घड़ियाँ गिनते हुए चंदा को पास बुलाकर समझाया था, "बेटा, जगपती बड़े लाड़-प्यार से पला है। जब से तुम्हारे ससुर नहीं रहे, तब से इसके छोटे-छोटे हठ को पूरा करती रही हूँ...अब तुम ध्यान रखना।" फिर रुककर उन्होंने कहा था, "जगपती किसी लायक हुआ है, तो रिश्तेदारों की आँखों में करकने लगा है। तुम्हारे बाप ने ब्याह के वक्त नादानी की, जो तुम्हें विदा नहीं किया। मेरे दुश्मन देवर-जेठों को मौका मिल गया। तूमार खड़ा कर दिया कि अब विदा करवाना नाक कटवाना है।...जगपती का ब्याह क्या हुआ, उन लोगों की छाती पर साँप लोट गया। सोचा, घर की इज़्ज़त रखने की आड़ लेकर रंग में भंग कर दें।...अब बेटा, इस घर की लाज तुम्हारी लाज है। ...आज को तुम्हारे ससुर होते, तो भला..." कहते-कहते माँ की आँखों में आँसू आ गए, और वह जगपती की देखभाल उसे सौंपकर सदा के लिए मौन हो गई थीं।

एक अरमान उनके साथ ही चला गया कि जगपती की संतान को, चार बरस इंतज़ार करने के बाद भी वह गोद में न खिला पाईं और चंदा ने मन में सब्र कर लिया था, यही सोचकर कि कुल-देवता का अंश तो उसे जीवन-भर पूजने को मिल गया था। घर में चारों-तरफ जैसे उदारता बिखरी रहती, अपनापा बरसता रहता। उसे लगता, जैसे घर की अँधेरी, एकांत कोठरियों में वह शांत शीतलता है जो उसे भरमा लेती है। घर की सब कुंडियों की खनक उसके कानों में बस गई थी, हर दरवाज़े की चरमराहट पहचान बन गई थी।...

"एक रोज़ राजा आखेट को गए," माँ सुनाती थीं, "राजा आखेट को जाते थे, तो सातवें रोज़ ज़रूर महल में लौट आते थे। पर उस दफा जब गए, तो सातवां दिन निकल गया, पर राजा नहीं लौटे। रानी को बड़ी चिंता हुई। रानी एक मंत्री को साथ लेकर खोज में निकलीं...।"

और इसी बीच जगपती को रिश्तेदारी की एक शादी में जाना पड़ा। उसके दूर के रिश्ते के भाई दयाराम की शादी थी। कह गया था कि दसवें दिन ज़रूर वापस आ जाएगा। पर छठे दिन ही खबर मिली कि बारात घर लौटने पर दयाराम के घर डाका पड़ गया। किसी मुखबिर ने सारी खबरें पहुँचा दी थीं कि लड़की वालों ने दयाराम का घर सोने-चाँदी से पाट दिया है...आखिर पुश्तैनी ज़मींदार की इकलौती लड़की थी। घर आए मेहमान लगभग विदा हो चुके थे। दूसरे रोज जगपती भी चलने वाला था। पर उसी रात डाका पड़ा। जवान आदमी, भला खून मानता है। डाकेवालों ने जब बन्दूकें चलाईं, तो सबकी घिग्घी बँध गई। पर जगपती और दयाराम ने छाती ठोंककर लाठियाँ उठा लीं। घर में कुहराम मच गया।...फिर सन्नाटा छा गया। डाकेवाले बराबर गोलियाँ दाग रहे थे। बाहर का दरवाज़ा टूट चुका था। पर जगपती ने हिम्मत बढ़ाते हुए हाँक लगाई, ''ये हवाई बन्दूकें इन तेल पिलाई लाठियों का मुकाबला नहीं कर पाएंगी, जवानों!''

पर दरवाज़े तड़-तड़ टूटते रहे और अंत में एक गोली जगपती की जांघ को पार करती निकल गई और दूसरी उसकी जांघ के ऊपर कूल्हे में समाकर रह गई।

चंदा रोती-कलपती और मनौतियाँ मनाती जब वहाँ पहुँची, तो जगपती अस्पताल में था। दयाराम के थोड़ी चोट आई थी। उसे अस्पताल से छुट्टी मिल गई थी। जगपती की देखभाल के लिए वहीं अस्पताल में मरीजों के रिश्तेदारों के लिए जो कोठरियाँ बनी थीं, उन्हीं में चंदा को रुकना पड़ा। कस्बे के अस्पताल से दयाराम का गाँव चार कोस पड़ता था। दूसरे-तीसरे दिन वहाँ से आदमी आते-जाते रहते, जिस सामान की जरूरत होती, पहुँचा जाते।

पर धीरे-धीरे उन लोगों ने भी खबर लेना छोड़ दिया। एक दिन में ठीक होने वाला घाव तो था नहीं। जांघ की हड्डी चटख गई थी और कूल्हे में आपरेशन से छह इंच गहरा घाव हो गया था।

कस्बे का अस्पताल था। कंपाउंडर ही मरीजों की देखभाल करते। बड़ा डॉक्टर तो नाम के लिए था या कस्बे के बड़े आदमियों के लिए। छोटे लोगों के लिए तो कंपोटर साहब ही ईश्वर के अवतार थे। मरीज़ों की देखभाल करनेवाले रिश्तेदारों की खाने-पीने की मुश्किलों से लेकर मरीज़ की नब्ज़ तक संभालते थे। छोटी-सी इमारत में अस्पताल आबाद था। रोगियों के लिए सिर्फ छह-सात खाटें थीं। मरीजों के कमरे से लगा दवा बनाने का कमरा था, उसी में एक ओर एक आराम-कुर्सी

थी और एक नीची-सी मेज़। उसी कुर्सी पर बड़ा डॉक्टर आकर कभी-कभार बैठता, नहीं तो बचनसिंह कंपाउंडर ही जमा रहता। अस्पताल में या तो फौजदारी के शहीद आते या गिर-गिरा के हाथ-पैर तोड़ लेनेवाले एक-आध लोग। छटे-छमासे कोई औरत दिख गई तो दिख गई, जैसे उन्हें कभी रोग घेरता ही नहीं था। कभी कोई बीमार पड़ती, तो घर वाले हाल बताके आठ-दस रोज की दवा एक साथ ले जाते और फिर उसके जीने-मरने की खबर तक न मिलती।

उस दिन बचनसिंह जगपती के घाव की पट्टी बदलने आया। उसके आने में और पट्टी खोलने में कुछ ऐसी लापरवाही थी, जैसे गलत बँधी पगड़ी को ठीक से बाँधने के लिए खोल रहा हो। चंदा उसकी कुर्सी के पास ही साँस रोके खड़ी थी। वह और रोगियों से बात भी करता जा रहा था। इधर मिनट-भर को देखता, फिर जैसे अभ्यस्त-से उसके हाथ अपना काम करने लगते। पट्टी एक जगह खून से चिपक गई थी, जगपती बुरी तरह कराह उठा। चंदा के मुँख से चीख निकल गई। बचनसिंह ने सतर्क होकर देखा तो चंदा मुंह में धोती का पल्ला खोंसे अपनी भयातुर आवाज़ दबाने की चेष्टा कर रही थी। जगपती एकबारगी मछली-सा तड़पकर रह गया। बचनसिंह की अँगुलियाँ थोड़ी-सी थरथराई कि उसकी बाँह पर टप से चंदा का आँसू चू पड़ा।

बचनसिंह सिहर-सा गया और उसके हाथों की अभ्यस्त निठुराई को जैसे किसी मानवीय कोमलता ने धीरे-से छू दिया। आहों, कराहों, दर्द-भरी चीखों और चटखते शरीर के जिस वातावरण में रहते हुए भी वह बिल्कुल अलग रहता था, फोड़ों को पके आम-सा दबा देता था, खाल को आलू-सा छील देता था...उसके मन से जिस दर्द का अहसास उठ गया था, वह उसे आज फिर हुआ और वह बच्चे की तरह फूँक-फूँककर पट्टी को नम करके खोलने लगा। चंदा की ओर धीरे से निगाह उठाकर देखते हुए फुसफुसाया, "च्...च्...रोगी की हिम्मत टूट जाती है ऐसे।"

पर जैसे यह कहते-कहते उसका मन खुद अपनी बात से उचट गया। यह बेपरवाही तो चीख और कराहों की एकरसता से उसे मिली थी, रोगी की हिम्मत बढ़ाने की कर्तव्यनिष्ठा से नहीं। जब तक वह घाव की मरहम-पट्टी करता रहा, तब तक किन्हीं दो आँखों की करुणा उसे घेरे रही।

और हाथ धोते समय वह चंदा की उन चूड़ियों से भरी कलाइयों को बेझिझक देखता रहा, जो अपनी खुशी उससे माँग रही थीं। चंदा पानी डालती जा रही

थी और बचनसिंह हाथ धोते-धोते उसकी कलाइयों, हथेलियों और पैरों को देखता जा रहा था। दवाखाने की ओर जाते हुए उसने चंदा को हाथ के इशारे से बुलाकर कहा, ''दिल छोटा मत करना....जांघ का घाव तो दस रोज में भर जाएगा। कूल्हे का घाव कुछ दिन ज़रूर लेगा। अच्छी-से-अच्छी दवाई दूँगा। दवाइयाँ तो ऐसी हैं कि मुरदे को चंगा कर दें, पर हमारे अस्पताल में नहीं आतीं, फिर भी...''

''तो किसी दूसरे अस्पताल से नहीं आ सकतीं वो दवाइयाँ?'' चंदा ने पूछा।

''आ तो सकती हैं, पर मरीज़ को अपना पैसा खर्च करना पड़ता है, उनमें...'' बचनसिंह ने कहा।

चंदा चुप रह गई तो बचनसिंह के मुंह से अनायास ही निकल पड़ा, ''किसी चीज़ की जरूरत हो तो मुझसे बताना।...रही दवाइयाँ, सो कहीं-न-कहीं से इंतज़ाम करके ला दूँगा। महकमे से मँगाएँगे, तो आते-अवाते महीनों लग जाएंगे। शहर के डॉक्टर से मँगवा दूँगा। ताकत की दवाइयों की बड़ी जरूरत है उन्हें। अच्छा, देखा जाएगा...'' कहते-कहते वह रुक गया।

चंदा ने कृतज्ञता भरी नज़रों से उसे देखा और उसे लगा जैसे आंधी में उड़ते पत्ते को कोई अटकाव मिल गया हो। आकर वह जगपती की खाट से लग कर बैठ गई। उसकी हथेली लेकर वह सहलाती रही। नाखूनों को अपने पोरों से दबाती रही।

धीरे-धीरे बाहर अंधेरा बढ़ चला। बचनसिंह तेल की एक लालटेन लाकर मरीज़ों के कमरे के एक कोने में रख गया। चंदा ने जगपती की कलाई दाबते-दाबते धीरे-से कहा, ''कंपाउंडर साहब कह रहे थे...'' और इतना कहकर वह जगपती का ध्यान आकृष्ट करने के लिए चुप हो गई।

''क्या कह रहे थे ?'' जगपती अनमने स्वर में बोला।

''कुछ ताकत की दवाइयाँ तुम्हारे लिए ज़रूरी हैं !''

''मैं जानता हूँ।''

''पर...''

''देखो चंदा, चादर के बराबर ही पैर फैलाए जा सकते हैं। हमारी औकात इन दवाइयों की नहीं है।''

''औकात आदमी की देखी जाती है कि पैसे की, तुम तो...''

''देखा जाएगा।''

''कंपाउंडर साहब इंतजाम कर देंगे, उनसे कहूँगी मैं।''

''नहीं चंदा, उधारखाते से मेरा इलाज नहीं होगा...चाहे एक के चार दिन लग जाएँ।''

''इसमें तो...''

''तुम नहीं जानती, कर्ज़ कोढ़ का रोग होता है, एक बार लगने से तन तो गलता ही है, मन भी रोगी हो जाता है।''

''लेकिन...'' कहते-कहते वह रुक गई।

जगपती अपनी बात की टेक रखने के लिए दूसरी ओर मुँह घुमाकर लेटा रहा।

और तीसरे रोज़ जगपती के सिरहाने कई ताकत की दवाइयाँ रखी थीं, और चंदा की ठहरने वाली कोठरी में उसके लेटने के लिए एक खाट भी पहुँच गई थी। चंदा जब आई, तो जगपती के चेहरे पर मानसिक पीड़ा की असंख्य रेखाएँ उभरी थीं, जैसे वह अपनी बीमारी से लड़ने के अलावा स्वयं अपनी आत्मा से भी लड़ रहा हो...चंदा की नादानी और स्नेह से भी उलझ रहा हो और सबसे ऊपर सहायता करनेवाले की दया से जूझ रहा हो।

चंदा ने देखा तो जैसे वह यह सब सह न पाई। उसके जी में आया कि कह दे, क्या आज तक तुमने कभी किसी से उधार पैसे नहीं लिए ? पर वह तो खुद तुमने लिए थे और तुम्हें मेरे सामने स्वीकार नहीं करना पड़ा था। इसीलिए लेते झिझक नहीं लगी, पर आज मेरे सामने उसे स्वीकार करते तुम्हारा झूठा पौरुष तिलमिलाकर जाग पड़ा है। पर जगपती के मुख पर बिखरी हुई पीड़ा में जिस आदर्श की गहराई थी, वह चंदा के मन में चोर की तरह घुस गई, और बड़ी स्वाभाविकता से उसने उसके माथे पर हाथ फेरते हुए कहा, ''ये दवाइयाँ किसी की मेहरबानी नहीं है, मैंने हाथ का कड़ा बेचने को दे दिया था। उसी से आई हैं।''

''मुझसे पूछा तक नहीं और...'' जगपती ने कहा और जैसे खुद मन की कमजोरी को दाब गया—कड़ा बेचने से तो अच्छा था कि बचनसिंह की दया ही ओढ़ ली जाती। और उसे हलका-सा पछतावा भी था कि नाहक वह रौ में बड़ी-बड़ी बातें कह जाता है, ज्ञानियों की तरह सीख दे देता है।

और जब चंदा अँधेरा होते उठकर अपनी कोठरी में सोने के लिए जाने को हुई, तो कहते-कहते यह बात दबा गई कि बचनसिंह ने उसके लिए एक खाट का भी इंतज़ाम कर दिया है। कमरे से निकली, तो सीधी कोठरी में गई और

हाथ का कड़ा लेकर सीधे दवाखाने की ओर चली गई, जहाँ बचनसिंह अकेला डॉक्टर की कुरसी पर आराम से टांगें फैलाए लैम्प की पीली रोशनी में लेटा था। जगपती का व्यवहार चंदा को लग गया था और यह भी कि वह क्यों बचनसिंह का एहसान अभी से लाद ले, पति के लिए जेवर की कितनी औकात है! वह बेधड़क-सी दवाखाने में घुस गई। दिन की पहचान के कारण उसे कमरे की मेज-कुरसी और दवाओं की अलमारी की स्थिति का अनुमान था, वैसे कमरा अंधेरे में डूबा पड़ा था, क्योंकि लैंप की रोशनी केवल अपने वृत्त में अधिक प्रकाशवान होकर कोनों के अँधेरे को और घनीभूत कर रही थी। बचनसिंह ने चंदा को घुसते ही पहचान लिया। वह उठकर खड़ा हो गया। चंदा ने भीतर कदम तो रख दिया, पर सहसा सहम गई, जैसे वह किसी अँधेरे कुएँ में अपने-आप कूद पड़ी हो, ऐसा कुआं, जो निरंतर पतला होता गया है...और जिसमें पानी की गहराई पाताल की परतों तक चली गई हो, जिसमें पड़कर वह नीचे धँसती चली जा रही हो, नीचे... अँधेरा...एकांत घुटन...पाप !

बचनसिंह अवाक् ताकता रह गया और चंदा ऐसे वापस लौट पड़ी, जैसे किसी काले पिशाच के पंजों से मुक्ति मिली हो। बचनसिंह के सामने क्षण-भर में सारी परिस्थिति कौंध गई और उसने वहीं से बहुत संयत आवाज़ में जबान को दबाते हुए कहा—'चंदा !' वह आवाज़ इतनी बेआवाज़ थी और निरर्थक होते हुए भी इतनी सार्थक थी कि उस खामोशी में अर्थ भर गया।

चंदा रुक गई।

बचनसिंह उसके पास जाकर रुक गया।

सामने का घना पेड़ स्तब्ध खड़ा था, उसकी काली परछाईं की परिधि जैसे एक बार फैलकर उन्हें अपने वृत्त में समेट लेती और दूसरे ही क्षण मुक्त कर देती। दवाखाने का लैंप सहसा भभककर रुक गया और मरीज़ों के कमरे में से एक कराह की आवाज़ दूर मैदान के छोर तक जाकर डूब गई।

चंदा ने वैसे ही नीचे ताकते हुए अपने को संयत करते हुए कहा, ''ये कड़ा तुम्हें देने आई थी।''

''तो वापस क्यों चली जा रही थीं ?''

चंदा चुप। और दो क्षण रुककर उसने सोने का कड़ा धीरे से उसकी ओर बढ़ा दिया, जैसे देने का साहस न होते हुए भी यह काम करना आवश्यक था।

बचनसिंह ने उसकी सारी काया को एक बार देखते हुए अपनी आँखें उसके सिर पर जमा दीं, जिसके ऊपर पड़े कपड़े के पार नरम चिकनाई से भरे लंबे-लंबे

बाल थे, जिनकी भाप-सी महक फैलती जा रही थी। वह धीरे से बोला, ''लाओ।''

चंदा ने कड़ा उसकी ओर बढ़ा दिया। कड़ा हाथ में लेकर वह बोला, ''सुनो।''

चंदा ने प्रश्न-भरी नज़रें उसकी ओर उठा दीं।

उनमें झाँकते हुए उसकी कलाई पकड़ते हुए उसने अपने हाथ से वह कड़ा उसकी कलाई में पहना दिया।

चंदा चुपचाप कोठरी की ओर चल दी और बचनसिंह दवाखाने की ओर।

कालिख बुरी तरह बढ़ गई थी और सामने खड़े पेड़ की काली परछाईं गहरी पड़ गई थी। दोनों लौट गए थे। पर जैसे उस कालिख में कुछ रह गया था, छूट गया था। दवाखाने का लैम्प जो जलते-जलते एक बार भभका था, उसमें तेल न रह जाने के कारण बत्ती की लौ बीच से फट गई थी, उसके ऊपर धुएँ की लकीरें बल खाती, साँप की तरह अँधेरे में विलीन हो जाती थीं।

सुबह जब चंदा जगपती के पास पहुँची और बिस्तर ठीक करने लगी, तो जगपती को लगा कि चंदा बहुत उदास थी। क्षण-क्षण में चंदा के मुख पर अनगिनत भाव आ-जा रहे थे, जिनमें असमंजस था, पीड़ा थी और निरीहता भी। कोई अदृश्य पाप कर चुकने के बाद हृदय की गहराई से किए गए पश्चात्ताप-जैसी धूमिल चमक !...

''रानी मंत्री के साथ जब निराश होकर लौटी, तो देखा, राजा महल में उपस्थित थे। उनकी खुशी का ठिकाना न रहा।'' माँ सुनाया करती थीं, ''पर राजा को रानी का इस तरह मंत्री के साथ जाना अच्छा नहीं लगा। रानी ने राजा को समझाया कि वह तो केवल राजा के प्रति अटूट प्रेम के कारण अपने को न रोक सकी। राजा-रानी एक-दूसरे को बहुत चाहते थे। पर दोनों के दिलों में एक बात शूल-सी गड़ती रहती कि उनके कोई संतान न थी...राजवंश का दीपक बुझने जा रहा था। संतान के अभाव में उनका लोक-परलोक बिगड़ा जा रहा था और कुल की मर्यादा नष्ट होने की शंका बढ़ती जा रही थी।...''

दूसरे दिन बचनसिंह ने मरीज़ों की मरहम-पट्टी करते वक्त बताया था कि उसका तबादला मैनपुरी के सदर अस्पताल में हो गया है और वह परसों यहाँ से चला जाएगा। जगपती ने सुना, तो उसे भला ही लगा।...आए दिन रोग घेरे रहते हैं, बचनसिंह उसके शहर के अस्पताल में पहुँच रहा है तो, कुछ मदद मिलती ही

रहेगी। आखिर वह ठीक तो होगा ही और फिर मैनपुरी के सिवा कहाँ जाएगा? पर दूसरे ही क्षण उसका दिल अथक भारीपन से भर गया। पता नहीं क्यों चंदा के अस्तित्व का ध्यान आते ही उसे इस सूचना में कुछ ऐसे नुकीले काँटे दिखाई देने लगे, जो उसके शरीर में किसी भी समय चुभ सकते थे, ज़रा-सा बेखबर होने पर बींध सकते थे और तब उसके सामने आदमी के अधिकार की लक्ष्मण-रेखाएँ धुएँ की लकीर की तरह काँपकर मिटने लगीं और मन में छुपे संदेह के राक्षस बाना बदल योगी के रूप में घूमने लगे।

और पंद्रह-बीस रोज़ बाद जब जगपती की हालत सुधर गई तो चंदा उसे लेकर घर लौट आई। जगपती चलने-फिरने लायक हो गया था। घर का ताला जब खोला, तब रात झुक आई थी। फिर उनकी गली में तो शाम से ही अँधेरा भरना शुरू हो जाता था। पर गली में आते ही उन्हें लगा, जैसे कि बनवास काटकर राजधानी लौटे हों। नुक्कड़ पर ही जमुना सुनार की कोठरी में सुरही फिंक रही थी, जिसके दराज़दार दरवाज़ों से लालटेन की रोशनी की लकीर झांक रही थी और कच्ची तम्बाकू का धुआँ रुँधी गली के मुहाने पर बुरी तरह भर गया था। सामने ही मुंशीजी अपनी जिंगला खटिया के गढ़े में, कुप्पी के मद्धिम प्रकाश में खसरा-खतौनी बिछाए मीज़ान लगाने में मशगूल थे। जब जगपती के घर का दरवाज़ा खड़का तो अंधेरे में उसकी चाची ने अपने जंगले से देखा और वहीं से बैठे-बैठे अपने घर के भीतर ऐलान कर दिया—''राजा निरबंसिया अस्पताल से लौट आए ...कुलमा भी आई हैं !''

ये शब्द सुनकर घर के अँधेरे बरोठे में घुसते ही जगपती हाँफकर बैठ गया, झुँझलाकर चंदा से बोला, ''अँधेरे में क्या मेरे हाथ-पैर तुड़वाओगी? भीतर जाकर लालटेन जला लाओ न।''

''तेल नहीं होगा, इस वक्त ज़रा ऐसे ही काम...''

''तुम्हारे कभी कुछ नहीं होगा...न तेल न...'' कहते-कहते जगपती एकदम चुप रह गया। चंदा को लगा कि आज पहली बार जगपती ने उसके व्यर्थ मातृत्व पर इतनी गहरी चोट कर दी, जिसकी गहराई की उसने कभी कल्पना भी नहीं की थी। दोनों खामोश, बिना एक बात किए अंदर चले गए।

रात के बढ़ते सन्नाटे में दोनों के सामने दो बातें थीं...

जगपती के कान में जैसे कोई व्यंग्य से कह रहा था—राजा निरबंसिया अस्पताल से लौट आए !

और चंदा के दिल में वह बात चुभ रही थी—तुम्हारे कभी कुछ नहीं होगा...

और सिसकती-सिसकती चंदा न जाने कब सो गई। पर जगपती की आँखों में नींद न आई। खाट पर पड़े-पड़े उसके चारों ओर एक मोहक, भयावना-सा जाल फैल गया। लेटे-लेटे उसे लगा, जैसे उसका स्वयं का आकार बहुत क्षीण होता-होता बिन्दु-सा रह गया, पर बिन्दु के हाथ थे, पैर थे और दिल की धड़कन भी। कोठरी का घुटा-घुटा-सा अँधियारा, मटमैली दीवारें और गहन गुफाओं-सी अलमारियाँ, जिनमें से बार-बार कोई झाँककर देखता था...और वह सिहर उठता था...फिर जैसे सब कुछ तब्दील हो गया हो। उसे लगा कि उसका आकार बढ़ता जा रहा है, बढ़ता जा रहा है। वह मनुष्य हुआ, लंबा-तगड़ा-तंदुरुस्त पुरुष हुआ, उसकी शिराओं में कुछ फूट पड़ने के लिए व्याकुलता से खौल उठा। उसके हाथ शरीर के अनुपात से बहुत बड़े, डरावने और भयानक हो गए, उनमें लंबे-लंबे नाखून निकल आए...वह राक्षस हुआ, दैत्य हुआ...आदिम बर्बर !

और बड़ी तेजी से सारा कमरा एकबारगी चक्कर काट गया...। फिर सब धीरे-धीरे स्थिर होने लगा और उसकी साँसें ठीक होती जान पड़ीं। फिर जैसे बहुत कोशिश करने पर घिग्घी बँध जाने के बाद उसकी आवाज़ फूटी, ''चंदा !''

चंदा की नरम साँसों की हल्की सरसराहट कमरे में जान डालने लगी। जगपती अपनी पाटी का सहारा लेकर झुका। काँपते पैर उसने जमीन पर रखे और चंदा की खाट के पाए से सिर टिकाकर बैठ गया। उसे लगा, जैसे चंदा की इन साँसों की आवाज़ में जीवन का संगीत गूँज रहा है। वह उठा और चंदा के मुख पर झुक गया।...उस अँधेरे में आँखें गड़ाए-गड़ाए जैसे बहुत देर बाद स्वयं चंदा के मुख पर आभा फूटकर अपने-आप बिखरने लगी...उसके नक्श उज्ज्वल हो उठे और जगपती की आँखों को ज्योति मिल गई। वह मुग्ध-सा ताकता रहा।

चंदा के बिखरे बाल, जिनमें हाल के जन्मे बच्चे के गभुआरे बालों की-सी महक ...दूध की कचाइंध...शरीर के रस की-सी मिठास और स्नेह-सी चिकनाहट और वह माथा जिस पर बालों के पास तमाम छोटे-छोटे, नरम-नरम-से रोएँ... रेशम से...और उस पर कभी लगाई गई सेंदुर की बिंदी का हलका मिटा हुआ-सा आभास ...नन्हें-नन्हें निर्द्वंद्व सोए पलक! और उनकी मासूम-सी कांटों की तरह बरौनियाँ और साँस में घुलकर आती हुई वह आत्मा की निष्कपट आवाज़ की लय...फूल की पंखुरी-से पतले-पतले होंठ, उन पर पड़ी अछूती रेखाएँ, जिनमें सिर्फ दूध-सी महक!

उसकी आँखों के सामने ममता-सी छा गई, केवल ममता, और उसके मुख से अस्फुट शब्द निकल गया, ''बच्ची !''

डरते-डरते उसके बालों की एक लट को बड़े जतन से उसने हथेली पर रखा और अंगुली से उस पर लकीरें खींचने लगा। उसे लगा, जैसे कोई शिशु उसके अंक में आने के लिए छटपटाकर निराश होकर सो गया हो। उसने दोनों हथेलियों को पसारकर उसके सिर को अपनी सीमा में भर लेना चाहा कि कोई कठोर चीज़ उसकी उंगलियों से टकराई।

वह जैसे होश में आया।

बड़े सहारे से उसने चंदा के सिर के नीचे टटोला। एक रूमाल में बँधा कुछ उसके हाथ में आ गया। अपने को संयत करता वहीं जमीन पर बैठ गया, उसी अंधेरे में उस रूमाल को खोला, तो जैसे साँप सूँघ गया, चंदा के हाथ के दोनों सोने के कड़े उसमें लिपटे थे !

और तब उसके सामने पूरी सृष्टि धीरे-धीरे टुकड़े होकर बिखरने लगी। ये कड़े तो चन्दा बेचकर उसका इलाज कर रही थी। वे सब दवाइयाँ और ताकत के टॉनिक...उसने तो कहा था, ये दवाइयाँ किसी की मेहरबानी नहीं हैं, मैंने हाथ के कड़े बेचने को दे दिए थे...पर...उसका गला बुरी तरह सूख गया। जबान जैसे तालू से चिपककर रह गई। उसने चाहा कि चंदा को झकझोरकर उठाए, पर शरीर की शक्ति बह-सी गई थी, रक्त पानी हो गया था।

थोड़ा संयत हुआ, उसने दोनों कड़े उसी रूमाल में लपेटकर उसकी खाट के कोने में रख दिए और बड़ी मुश्किल से अपनी खाट की पाटी पकड़कर लुढ़क गया।

चंदा झूठ बोली! पर क्यों? कड़े आज तक छिपाए रही। उसने इतना बड़ा दुराव क्यों किया? आखिर क्यों? किसलिए? और जगपती का दिल भारी हो गया। उसे फिर लगा कि उसका शरीर सिमटता जा रहा है और वह एक सींक का बना ढांचा रह गया...नितांत हलका, हवा में उड़कर भटकने वाले तिनके-सा।

उस रात के बाद रोज़ जगपती सोचता रहा कि चंदा से कड़े मांगकर बेच ले और कोई छोटा-मोटा कारोबार ही शुरू कर दे, क्योंकि नौकरी छूट चुकी थी। इतने दिन की गैरहाज़िरी के बाद वकील साहब ने दूसरा मुहर्रिर रख लिया था। वह रोज़ यही सोचता। पर जब चंदा सामने आती तो न जाने कैसी असहाय-सी उसकी अवस्था हो जाती। उसे लगता, जैसे कड़े मांगकर वह चंदा से पत्नीत्व का पद भी छीन लेगा। मातृत्व तो भगवान् ने छीन ही लिया...वह सोचता, आखिर चंदा

क्या रह जाएगी? एक स्त्री से यदि पत्नीत्व और मातृत्व छीन लिया गया, तो उसके जीवन की सार्थकता ही क्या? चंदा के साथ वह यह अन्याय कैसे करे? उससे दूसरी आँख की रोशनी कैसे माँग ले? फिर तो वह नितांत अंधी हो जाएगी। और उन कड़ों को मांगने के पीछे जिस इतिहास की आत्मा नंगी हो जाएगी, कैसे वह उस लज्जा को स्वयं ही उघारकर ढांपेगा?

और वह इन्हीं ख्यालों में डूबा सुबह से शाम तक इधर-उधर काम की टोह में घूमता रहता। किसी से उधार ले ले? पर किस सम्पत्ति पर? क्या है उसके पास, जिसके आधार पर कोई उसे कुछ देगा? और मुहल्ले के लोग...जो एक-एक पाई पर जान देते हैं, कोई चीज़ खरीदते वक्त भाव में एक पैसा कम मिलने पर मीलों पैदल जाकर एक पैसा बचाते हैं, एक-एक पैसे की मसाले की पुड़िया बँधवाकर ग्यारह बार पैसों का हिसाब जोड़कर एक-आध पैसा उधारकर, मिन्नतें करते सौदा घर लाते हैं। गली में कोई खोंचेवाला फंस गया, तो दो पैसे की चीज़ को लड़-झगड़कर चार दाने ज़्यादा पाने की नीयत से, दो जगह बँधवाते हैं। भाव के ज़रा से फर्क पर घंटों बहस करते हैं। शाम को सड़ी-गली तरकारियों को किफायत के कारण लाते हैं, ऐसे लोगों से किस मुँह से माँग कर वह उनकी गरीबी के अहसास पर ठोकर लगाए!

पर उस दिन शाम को जब वह घर पहुँचा, तो बरोठे में ही एक साइकिल रखी नज़र आई। दिमाग पर ज़ोर डालने के बाद भी वह आगंतुक की कल्पना न कर पाया। पर जब भीतरवाले दरवाज़े पर पहुँचा, तो सहसा हँसी की आवाज़ सुनकर ठिठक गया। उस हँसी में एक अजीब-सा उन्माद था और उसके बाद चंदा का स्वर—

"अब आते ही होंगे, बैठिए न दो मिनट और!...अपनी आँख से देख लीजिए और उन्हें समझाते जाइए कि अभी तंदुरुस्ती इस लायक नहीं, जो दिन-दिन-भर घूमना बरदाश्त कर सकें।"

"हाँ...भई, कमजोरी इतनी जल्दी नहीं मिट सकती, खयाल नहीं करेंगे, तो नुकसान उठाएँगे!" कोई पुरुष-स्वर था यह।

जगपती असमंजस में पड़ गया। वह एकदम भीतर घुस जाए? इसमें क्या हर्ज है? पर जब उसने पैर उठाए, तो वे बाहर को जा रहे थे। बाहर बरोठे में साइकिल को पकड़ते ही उसे सूझ आई, वहीं से जैसे अनजान बनता बड़े प्रयत्न से आवाज़ को खोलता चिल्लाया, "अरे चंदा! यह साइकिल किसकी है? कौन मेहरबान..."

चंदा उसकी आवाज़ सुनकर कमरे से बाहर निकलकर जैसे खुशखबरी सुना रही थी, ''अपने कंपाउंडर साहब आए हैं, खोजते-खोजते आज घर का पता लगा पाए हैं, तुम्हारे इंतजार में बैठे हैं !''

''कौन बचनसिंह ?...अच्छा, अच्छा... वही तो मैं कहूँ, भला कौन...'' कहता जगपती पास पहुँचा, और बातों में इस तरह उलझ गया, जैसे सारी परिस्थिति उसने स्वीकार कर ली हो।

बचनसिंह जब फिर आने की बात कहकर चला गया, तो चंदा ने बहुत अपनेपन से जगपती के सामने बात शुरू की, ''जाने कैसे-कैसे आदमी होते हैं...''

''क्यों, क्या हुआ ? कैसे होते हैं आदमी ?'' जगपती ने पूछा।

''इतनी छोटी जान-पहचान में तुम, मर्दों के घर में न रहते घुसकर बैठ सकते हो ? तुम तो उलटे पैरों लौट आओगे।'' चंदा कहकर जगपती के मुख पर कुछ इच्छित प्रतिक्रिया देख सकने के लिए गहरी निगाहों से ताकने लगी।

जगपती ने चंदा की ओर ऐसे देखा, जैसे यह बात भी कहने की या पूछने की है! फिर बोला, ''बचनसिंह अपनी तरह का आदमी है, अपनी तरह का अकेला...''

''होगा...पर...'' कहते-कहते चंदा रुक गई।

''आड़े वक्त काम आने वाला आदमी है, लेकिन उससे फायदा उठा सकना जितना आसान है...उतना...मेरा मतलब है कि...जिससे कुछ लिया जाएगा, उसे दिया भी तो जाएगा।'' जगपती ने आँखें दीवार पर गड़ाते हुए कहा।

और चंदा उठकर चली गई।

उस दिन के बाद बचनसिंह लगभग रोज़ ही आने-जाने लगा। जगपती उसके साथ इधर-उधर घूमता भी रहता। बचनसिंह के साथ वह जब तक रहता, अजीब-सी घुटन उसके दिल को बाँध लेती, और तभी जीवन की तमाम विषमताएँ भी उसकी निगाहों के सामने उभरने लगतीं, आखिर वह स्वयं एक आदमी है...बेकार...यह माना कि उसके सामने पेट पालने की कोई इतनी विकराल समस्या नहीं, वह भूखों नहीं मर रहा है, जाड़े में काँप नहीं रहा है, पर उसके दो-हाथ पैर हैं...शरीर का पिंजरा है, जो कुछ मांगता है...कुछ ! और वह सोचता, यह कुछ क्या है? सुख ? शायद हाँ, शायद नहीं। वह तो दुःख में भी जी सकने का आदी है, अभावों में जीवित रह सकने वाला आश्चर्यजनक कीड़ा है। तो फिर...वासना ? शायद हाँ, शायद नहीं। चंदा का शरीर लेकर उसने उस क्षणिकता को भी देखा है। तो फिर धन ?...शायद हाँ, शायद नहीं। उसने धन के लिए अपने को खपाया है।

पर वह भी तो उस अदृश्य प्यास को बुझा नहीं पाया। तो फिर ?...तो फिर क्या ?... वह कुछ क्या है, जो उसकी आत्मा में नासूर-सा रिसता रहता है, अपना उपचार माँगता है ? शायद काम ! हाँ, यही, बिलकुल यही, जो उसके जीवन की घड़ियों को निपट सूना न छोड़े, जिसमें वह अपनी शक्ति लगा सके, अपना मन डुबो सके, अपने को सार्थक अनुभव कर सके, चाहे उसमें सुख हो या दुःख, अरक्षा हो या सुरक्षा, शोषण हो या पोषण...उसे सिर्फ काम चाहिए ! करने के लिए कुछ चाहिए। यही तो उसकी प्रकृत आवश्यकता है, पहली और आखिरी माँग है, क्योंकि वह उस घर में नहीं पैदा हुआ, जहाँ सिर्फ जबान हिलाकर शासन करने वाले होते हैं। वह उस घर में भी नहीं पैदा हुआ, जहाँ सिर्फ माँगकर जीनेवाले होते हैं। वह उस घर का है, जो सिर्फ काम करना जानता है, काम ही जिसकी आस है। वह सिर्फ काम चाहता है, काम !

और एक दिन उसकी काम-धाम की समस्या भी हल हो गई। तालाब वाले ऊँचे मैदान के दक्षिण ओर जगपती की लकड़ी की टाल खुल गई। तक टंग गया। टाल की ज़मीन पर लक्ष्मी-पूजन भी हो गया और हवन भी हुआ। लकड़ी की कोई कमी नहीं थी। गांव से आने वाली गाड़ियों को, इस कारोबार में पैरे हुए आदमियों की मदद से मोल-तोल करवा के वहाँ गिरवा दिया गया। गाँठें एक ओर रखी गईं, चैलों का चट्टा करीने से लग गया और गुद्दे चीरने के लिए डाल दिए गए। दो-तीन गाड़ियों का सौदा करके टाल चालू कर दी गई। भविष्य में स्वयं पेड़ खरीदकर कटाने का तय किया गया। बड़ी-बड़ी स्कीमें बनीं कि किस तरह जलाने की लकड़ी से बढ़ाते-बढ़ाते एक दिन इमारती लकड़ी की कोठी बनेगी। चीरने की नई मशीन लगेगी। कारोबार बढ़ जाने पर बचनसिंह भी नौकरी छोड़कर उसी में लग जाएगा, और उसने महसूस किया कि वह काम में लग गया है, अब चौबीसों घंटे उसके सामने काम है...उसके समय का उपयोग है। दिन-भर में वह एक घंटे के लिए किसी का मित्र हो सकता है, कुछ देर के लिए वह पति हो सकता है, पर बाकी समय ? दिन और रात के बाकी घंटे...उन घंटों के अभाव को सिर्फ उसका अपना काम ही भर सकता है...और अब वह कामदार था...

वह कामदार तो था, लेकिन जब टाल की उस ऊँची ज़मीन पर पड़े छप्पर के नीचे तखत पर वह गल्ला रखकर बैठता, सामने लगे लकड़ियों के ढेर, कटे हुए पेड़ के तने, जड़ों को लुढ़का हुआ देखता तो एक निरीहता बरबस उसके दिल को बाँधने लगती। उसे लगता, एक व्यर्थ पिशाच का शरीर टुकड़े-टुकड़े करके

उसके सामने डाल दिया गया है।...फिर इन पर कुल्हाड़ी चलेगी और इनके रेशे-रेशे अलग हो जाएँगे और तब इनकी ठठरियों को सुखाकर, किसी पैसेवाले के हाथ तक पर तौलकर बेच दिया जाएगा।

और तब उसकी निगाहें सामने खड़े ताड़ पर अटक जातीं, जिसके बड़े-बड़े पत्तों पर सुर्ख गरदन वाले गिद्ध पर फड़फड़ाकर देर तक खामोश बैठे रहते। ताड़ का काला गड़रेदार तना...और उसके सामने ठहरी हुई वायु में निस्सहाय काँपती, भारहीन नीम की पत्तियाँ चकराती झड़ती रहतीं...धूल-भरी धरती पर लकड़ी की गाड़ियों के पहियों की पड़ी हुई लीक धुँधली-सी चमक उठती और बगलवाले मूंगफली के पेंच की एकरस खरखराती आवाज़ कानों में भरने लगती। बगलवाली कच्ची पगडंडी से कोई गुज़रकर, टीले के ढलान से तालाब की नीचाई में उतर जाता, जिसके गंदले पानी में कूड़ा तैरता रहता और सूअर कीचड़ में मुंह डालकर उस कूड़े को रौंदते रहते...

दोपहर सिमटती और शाम की धुंध छाने लगती तो वह लालटेन जलाकर छप्पर के खंभे की कील में टाँग देता और उसके थोड़ी ही देर बाद अस्पताल वाली सड़क से बचनसिंह एक काले धब्बे की तरह आता दिखाई पड़ता।

गहरे पड़ते अंधेरे में उसका आकार धीरे-धीरे बढ़ता जाता और जगपती के सामने जब वह आकर खड़ा होता तो वह उसे बहुत विशाल-सा लगने लगता, जिसके सामने उसे अपना अस्तित्व डूबता महसूस होता।

एक-आध बिक्री की बातें होतीं और तब दोनों घर की ओर चल देते। घर पहुँचकर बचनसिंह कुछ देर ज़रूर रुकता, बैठता, इधर-उधर की बातें करता। कभी मौका पड़ जाता, तो जगपती और बचनसिंह की थाली भी साथ लग जाती। चंदा सामने बैठकर दोनों को खिलाती।

बचनसिंह बोलता जाता, ''क्या तरकारी बनी है! मसाला ऐसा पड़ा है कि उसकी भी बहार है और तरकारी का स्वाद भी नहीं मरा। होटलों में या तो मसाला ही मसाला रहेगा या सिर्फ तरकारी ही तरकारी। वाह! वाह! क्या बात है अंदाज़ की!''

और चंदा बीच-बीच में टोककर बोलती जाती, ''इन्हें तो जब तक दाल में प्याज का भुना घी न मिले, तब तक पेट ही नहीं भरता।''

या—''सिरका अगर इन्हें मिल जाए, तो समझो, सब कुछ मिल गया। पहले मुझे सिरका न जाने कैसा लगता था, पर अब ऐसा जबान पर चढ़ा है कि...''

या—''इन्हें कागज-सी पतली रोटी पसंद ही नहीं आती। अब मुझसे कोई

पतली रोटी बनाने को कहे तो बनती ही नहीं, आदत पड़ गई है, और फिर मन ही नहीं करता...''

पर चंदा की आँखें बचनसिंह की थाली पर ही जमी रहतीं। रोटी निबटी तो रोटी परोस दी। दाल खत्म नहीं हुई, तो भी एक चमचा और परोस दी।

और जगपती सिर झुकाए खाता रहता। सिर्फ एक गिलास पानी मांगता और चंदा चौंककर पानी देने के पहले कहती, ''अरे, तुमने तो कुछ लिया ही नहीं।'' कहते-कहते वह पानी दे देती और तब उसके दिल पर गहरी-सी चोट लगती, न जाने क्यों वह खामोशी की चोट उसे बड़ी पीड़ा दे जाती...पर वह अपने को समझा लेती, कोई मेहमान तो नहीं हैं...माँग सकते थे। भूख नहीं होगी।

जगपती खाना खाकर टाल पर लेटने चला जाता, क्योंकि अभी तक कोई चौकीदार नहीं मिला था। छप्पर के नीचे तख़्त पर जब वह लेटता तो अनायास ही उसका दिल भर-भर आता। पता नहीं, कौन-कौन-से दर्द एक-दूसरे से मिलकर तरह-तरह की टीस, चटखन और ऐंठन पैदा करने लगते। कोई एक रग दुखती तो वह सहलाता भी, जब सभी नसें चटखती हों तो कहाँ-कहाँ राहत का अकेला हाथ सहलाए !

लेटे-लेटे उसकी निगाह ताड़ के उस ओर बनी पुख़्ता कब्र पर जम जाती, जिसके सिरहाने कंटीला बबूल का एकाकी पेड़ सुन्न-सा खड़ा रहता। जिस कब्र पर एक पर्दानशीन औरत बड़े लिहाज़ से आकर सवेरे-सवेरे बेला और चमेली के फूल चढ़ा जाती...घूम-घूमकर उसके फेरे लेती और माथा टेककर कुछ कदम उदास-उदास-सी चलकर एकदम तेजी से मुड़कर बिसातियों के मुहल्ले में खो जाती। शाम होते फिर आती। एक दीया बारती और अगरबत्तियाँ जलाती। फिर मुड़ते हुए ओढ़नी का पल्ला कंधों पर डालती तो दीए की लौ काँपती, कभी काँपकर बुझ जाती, पर उसके कदम बढ़ चुके होते, पहले धीमे, थके, उदास-से और फिर तेज सधे, सामान्य-से। और वह फिर उसी मुहल्ले में खो जाती और तब रात की तनहाइयों में...बबूल के काँटों के बीच, उस सांय-सांय करते ऊँचे-नीचे मैदान में जैसे उस कब्र से कोई रूह निकलकर निपट अकेली भटकती रहती।...

तभी ताड़ पर बैठे सुर्ख गरदन वाले गिद्ध मनहूस-सी आवाज़ में किलबिला उठते और ताड़ के पत्ते भयानकता से खड़बड़ा उठते। जगपती का बदन काँप जाता और वह भटकती रूह ज़िंदा रह सकने के लिए जैसे कब्र की ईंटों में, बबूल के साया-तले दुबक जाती। जगपती अपनी टाँगों को पेट से भींचकर, कंबल से मुंह छिपा औंधा लेट जाता।

तड़के ही ठेके पर लगे लकड़हारे लकड़ी चीरने आ जाते। तब जगपती कंबल लपेट, घर की ओर चला जाता...

''राजा रोज़ सबेरे टहलने जाते थे,'' माँ सुनाया करती थीं, ''एक दिन जैसे ही महल के बाहर निकलकर आए कि सड़क पर झाड़ू लगाने वाली मेहतरानी उन्हें देखते ही अपना झाड़ूपंजा पटककर माथा पीटने लगी और कहने लगी, ''हाय राम ! आज राजा निरबंसिया का मुँह देखा है, न जाने रोटी भी नसीब होगी कि नहीं...न जाने कौन-सी बिपत टूट पड़े।'' राजा को इतना दुःख हुआ कि उलटे पैरों महल को लौट गए। मंत्री को हुकुम दिया कि मेहतरानी का घर नाज से भर दें। और सब राजसी वस्त्र उतार, राजा उसी क्षण जंगल की ओर चले गए। उसी रात रानी को सपना हुआ कि कल की रात तेरी मनोकामना पूरी होने वाली है। रानी बहुत पछता रही थी। पर फौरन ही रानी राजा को खोजती-खोजती उस सराय में पहुँच गई, जहाँ वह टिके हुए थे। रानी भेष बदलकर सेवा करने वाली भटियारिन बनकर राजा के पास रात में पहुँची। रात-भर उनके साथ रही और सुबह राजा के जागने से पहले सराय छोड़ महल में लौट गई। राजा सुबह उठकर दूसरे देश की ओर चले गए। दो ही दिनों में राजा के निकल जाने की खबर राज-भर में फैल गई, राजा निकल गए, चारों तरफ यही खबर फैली थी...''

उस दिन टोले-मुहल्ले के हर आँगन में बरसात के मेह की तरह यह खबर और बरसकर फैल गई कि चंदा के बाल-बच्चा होने वाला है।

नुक्कड़ पर जमुना सुनार की कोठरी में फिंकती सुरही रुक गई। मुंशीजी ने अपना मीजान लगाना छोड़ विस्फारित नेत्रों से ताककर खबर सुनी। बंसी किरानेवाले ने कुएँ में आधी गई रस्सी खींच, डोल मन पर पटककर सुना। सुदर्शन दरजी ने मशीन के पहिए को हथेली से रगड़कर रोककर सुना। हंसराज पंजाबी ने अपनी नील—लगी मलगुजी कमीज़ की आस्तीनें चढ़ाते हुए सुना। और जगपती की बेवा चाची ने औरतों के जमघट में बड़े विश्वास, पर भेद-भरे स्वर में सुनाया—''आज छह साल हो गए शादी को...न बाल, न बच्चा...न जाने किसका पाप है उसके पेट में !...और किसका होगा सिवा उस मुस्टंडे कंपोटर के ! न जाने कहाँ से कुलच्छनी इस मुहल्ले में आ गई !...इस गली की तो पुश्तों से ऐसी मरजाद रही है कि गैर, मरद औरत की परछाई तक नहीं देख पाए। यहाँ के मरद तो बस अपने घर की औरतों को जानते हैं, उन्हें तो पड़ोसी के घर की जनानियों

की गिनती तक नहीं मालूम !'' यह कहते-कहते उनका चेहरा तमतमा आया और सब औरतें देवलोक की देवियों की तरह गंभीर बनीं, अपनी पवित्रता की महानता के बोझ से दबी धीरे-धीरे खिसक गईं।

सुबह यह खबर फैलने से पहले जगपती टाल पर चला गया था। पर सुनी उसने भी आज ही थी। दिन-भर वह तख्त पर कोने की ओर मुंह किए पड़ा रहा। न ठेके की लकड़ियाँ चिरवाईं न बिक्री की ओर ध्यान दिया, न दोपहर का खाना खाने ही घर गया। जब रात अच्छी तरह फैल गई तो वह एक हिंसक पशु की भाँति उठा। उसने अपनी अँगुलियाँ चटकाईं, मुट्ठी बाँधकर बाँह का ज़ोर देखा, तो नसें तनीं और बाँह में कठोर कंपन-सा हुआ। उसने तीन-चार पूरी साँसें खींचीं और मजबूत कदमों से घर की ओर चल पड़ा। मैदान खत्म हुआ...कंकड़ की सड़क आई...सड़क खत्म हुई, गली आई। पर गली के अंधेरे में घुसते ही वह सहम गया, जैसे किसी ने अदृश्य हाथों से उसे पकड़कर सारा रक्त निचोड़ लिया, उसकी फटी हुई शक्ति की नस पर हिम-शीतल होंठ रखकर सारा रस चूस लिया। और गली के अंधेरे की हिकारत-भरी कालिख और भी भारी हो गई, जिसमें घुसने से उसकी सांस रुक जाएगी...घुट जाएगी।

वह पीछे मुड़ा, पर रुक गया। फिर कुछ संयत होकर वह चोरों की तरह निःशब्द कदमों से किसी तरह घर की भीतरी देहरी तक पहुँच गया।

दाईं ओर की रसोई वाली दहलीज़ में कुप्पी टिमटिमा रही थी और चंदा अस्तव्यस्त-सी दीवार से सिर टेके शायद आसमान निहारते-निहारते सो गई थी। कुप्पी का प्रकाश उसके आधे चेहरे को उजागर किए था और आधा चेहरा गहन कालिमा में डूबा अदृश्य था।

वह खामोशी से खड़ा ताकता रहा। चंदा के चेहरे पर नारीत्व की प्रौढ़ता आज उसे दिखाई दी। चेहरे की सारी कमनीयता न जाने कहाँ खो गई थी, उसका अछूतापन न जाने कहाँ लुप्त हो गया था। फूला-फूला मुख। जैसे टहनी से तोड़े फूल को पानी में डालकर ताज़ा किया गया हो, जिसकी पंखुरियों में टूटन की सुरमई रेखाएं पड़ गई हों, पर भीगने से भारीपन आ गया हो।

उसके खुले पैर पर उसकी निगाह पड़ी, तो सूजा-सा लगा। एड़ियाँ भरी, सूजी-सी और नाखूनों के पास अजब-सा सूखापन। जगपती का दिल एक बार मसोस उठा। उसने चाहा कि बढ़कर उसे उठा ले। अपने हाथों से उसका पूरा शरीर छू-छूकर सारा कलुष पोंछ दे, अपनी साँसों की अग्नि में तपाकर एक बार फिर उसे पवित्र कर ले। और उसकी आँखों की गहराई में झांककर कहे—देवलोक

से किस शापवश निर्वासित हो तुम इधर आ गईं, चंदा ? यह शाप तो अमिट था।

तभी चंदा ने हड़बड़ाकर आँखें खोलीं। जगपती को सामने देख उसे लगा कि वह एकदम नंगी हो गई हो। अतिशय लज्जित हो उसने अपने पैर समेट लिए। घुटनों से धोती नीचे सरकाई और बहुत संयत-सी उठकर रसोई के अँधेरे में खो गई।

जगपती एकदम हताश हो, वहीं कमरे की देहरी पर चौखट से सिर टिका बैठ गया। नज़र कमरे में गई तो लगा कि पराए स्वर वहाँ गूंज रहे हैं, जिनमें चंदा का भी एक है। हर तरफ, घर के हर कोने से, अंधेरा सैलाब की तरह बढ़ता आ रहा था...एक अजीब निस्तब्धता...असमंजस! गति, पर पथभ्रष्ट! शक्लें, पर आकारहीन।

''खाना खा लेते,'' चंदा का स्वर कानों में पड़ा। वह अनजाने ऐसे उठ बैठा, जैसे तैयार बैठा हो। उसकी बात की आज तक उसने अवज्ञा न की थी। खाने तो बैठ गया, पर कौर नीचे नहीं सरक रहा था। तभी चंदा ने बड़े सधे शब्दों में कहा, ''कल मैं गांव जाना चाहती हूँ।''

जैसे वह इस सूचना से परिचित था, बोला, ''अच्छा।''

चंदा फिर बोली, ''मैंने बहुत पहले घर चिट्ठी डाल दी थी, भैया कल लेने आ रहे हैं।''

''तो ठीक है,'' जगपती वैसे ही डूबा-डूबा बोला।

चंदा का बाँध टूट गया और वह वहीं घुटनों में मुँह दबाकर कातर-सी फफक-फफककर रो पड़ी। न उठ सकी, न हिल सकी।

जगपती क्षण-भर को विचलित हुआ, पर जैसे जम जाने के लिए। उसके होंठ फड़के और क्रोध के ज्वालामुखी को जबरन दबाते हुए भी वह फूट पड़ा, ''यह सब मुझे क्या दिखा रही है ? बेशर्म ! बेगैरत !...उस वक्त नहीं सोचा था, जब...जब...मेरी लाश तले...''

''तब...तब की बात झूठ है...'', सिसकियों के बीच चंदा का स्वर फूटा, ''लेकिन जब तुमने मुझे बेच दिया...''

एक भरपूर हाथ चन्दा की कनपटी पर आग सुलगाता पड़ा। और जगपती अपनी हथेली को दूसरी से दबाता, खाना छोड़कर कोठरी में घुस गया और रात-भर कुंडी चढ़ाए उसी कालिख में घुटता रहा।

दूसरे दिन चंदा घर छोड़कर अपने गाँव चली गई।

जगपती पूरा दिन और रात ताल पर ही काट देता। उसी बीराने में, तालाब

के बगल, कब्र, बबूल और ताड़ के पड़ोस में। पर मन मुर्दा हो गया था। ज़बरदस्ती वह अपने को वहीं रोके रहता।...उसका दिल होता, कहीं निकल जाए। पर ऐसी कमज़ोरी उसके तन और मन को खोखला कर गई थी कि चाहने पर भी वह जा न पाता। हिकारत-भरी नज़रें सहता, पर वहीं पड़ा रहता। काफी दिनों बाद जब नहीं रहा गया, तो एक दिन जगपती घर पर ताला लगा, नजदीक के गांव में लकड़ी कटाने चला गया। उसे लग रहा था कि अब वह पंगु हो गया है, बिलकुल लंगड़ा, एक रेंगता कीड़ा, जिसके न आँख है, न कान, न मन, न इच्छा।

वह उस बाग में पहुँच गया, जहाँ खरीदे पेड़ कटने थे। दो आरेवालों ने पतले पेड़ के तने पर आरा रखा और कर्र-कर्र का अबाध शोर शुरू हो गया। दूसरे पेड़ पर बन्ने और शकूरे की कुल्हाड़ी बज उठी। और गांव से दूर उस बाग में एक लयपूर्ण शोर शुरू हो गया। जड़ पर कुल्हाड़ी पड़ती तो पूरा पेड़ थर्रा जाता।

करीब के खेत की मेंड़ पर बैठे जगपती का शरीर भी जैसे काँप-काँप उठता। चंदा ने कहा था, ''लेकिन जब तुमने मुझे बेच दिया...'' क्या वह ठीक कहती थी ? क्या बचनसिंह ने टाल के लिए जो रुपये दिए थे, उसका ब्याज इधर चुकता हुआ ? क्या सिर्फ वही रुपये आग बन गए, जिसकी आंच में उसकी सहनशीलता, विश्वास और आदर्श मोम-से पिघल गए।

''श...कूरे !'' बाग से लगे दड़े पर से किसी ने आवाज़ लगाई। शकूरे ने कुल्हाड़ी रोककर वहीं से हाँक लगाई, ''कोने के खेत से लीक बनी है, ज़रा मेड़ मारकर नंघा ला गाड़ी।''

जगपती का ध्यान भंग हुआ। उसने मुड़कर दड़े पर आँखें गड़ाई। दो भैंसा गाड़ियाँ लकड़ी भरने के लिए आ पहुँची थीं। शकूरे ने जगपती के पास आकर कहा, ''एक गाड़ी का भर्त तो हो गया, बल्कि डेढ़ का...अब इस पतरिया पेड़ को न छाँट दें ?''

जगपती ने उस पेड़ की ओर देखा, जिसे काटने के लिए शकूरे ने इशारा किया था। पेड़ की एक शाख हरी पत्तियों से भरी थी। वह बोला, ''अरे यह तो हरा है अभी ...इसे छोड़ दो।''

''हरा होने से क्या, उखट तो गया है। न फूल का, न फल का। अब कौन इसमें फल-फूल आएंगे, चार दिन में पत्ती झुरा जाएंगी।'' शकूरे ने पेड़ की ओर देखते हुए उस्तादी अंदाज़ से कहा।

''जैसा ठीक समझो तुम,'' जगपती ने कहा, और उठकर मेड़-मेड़ पक्के कुएं पर पानी पीने चला गया।

दोपहर ढलते गाड़ियाँ भरकर तैयार हुईं और शहर की ओर रवाना हो गईं। जगपती को उनके साथ आना पड़ा। गाड़ियाँ लकड़ी से लदी शहर की ओर चली जा रही थीं और जगपती गरदन झुकाए कच्ची सड़क की धूल में डूबा, भारी कदमों से धीरे-धीरे उन्हीं की बजती घंटियों के साथ निर्जीव-सा बढ़ता जा रहा था...

''कई बरस बाद राजा परदेस से बहुत-सा धन कमाकर गाड़ी में लादकर अपने देश की ओर लौटे,'' मां सुनाया करती थीं, ''राजा की गाड़ी का पहिया महल से कुछ दूर पतेल की झाड़ी में उलझ गया। हर तरह की कोशिश की, पर पहिया न निकला। तब एक पंडित ने बताया कि 'सकट' के दिन का जनमा बालक अगर अपने घर की सुपारी लाकर उसमें छुआ दे, तो पहिया निकल जाएगा। वहीं दो बालक खेल रहे थे। उन्होंने यह सुना तो कूदकर पहुँचे और कहने लगे कि हमारी पैदाइश सकट की है, पर सुपारी तब लाएंगे, जब तुम आधा धन देने का वादा करो। राजा ने बात मान ली। बालक दौड़े-दौड़े घर गए। सुपारी लाकर छुआ दी, फिर घर का रास्ता बताते आगे-आगे चले। आखिर गाड़ी महल के सामने उन्होंने रोक ली।

''राजा को बड़ा अचरज हुआ कि हमारे ही महल में ये बालक कहाँ से आ गए ? भीतर पहुँचे, तो रानी खुशी से बेहाल हो गई।

''पर राजा ने पहले उन बालकों के बारे में पूछा, तो रानी ने कहा कि ये दोनों बालक उन्हीं के राजकुमार हैं। राजा को विश्वास नहीं हुआ। रानी बहुत दुखी हुई।''

गाड़ियाँ जब टाल पर आकर लगीं और जगपती तखत पर हाथ-पैर ढीले करके बैठ गया, तो पगडंडी से गुजरते मुंशीजी ने उसके पास आकर बताया, ''अभी उस दिन वसूली में तुम्हारी ससुराल के नजदीक एक गाँव में जाना हुआ, तो पता लगा कि पन्द्रह-बीस दिन हुए चंदा के लड़का हुआ है।'' और फिर जैसे मुहल्ले में सुनी-सुनाई बातों पर परदा डालते हुए बोले, ''भगवान् के राज में देर है, अँधेर नहीं, जगपती भैया !''

जगपती ने सुना तो पहले उसने गहरी नज़रों से मुंशीजी को ताका, पर वह उनके तीर का निशाना ठीक-ठीक नहीं खोज पाया। पर सब-कुछ सहन करते हुए बोला, ''देर और अँधेर दोनों हैं !''

''अँधेर तो सरासर है...तिरिया चरित्तर है सब ! बड़े-बड़े हार गए...''

कहते-कहते मुंशीजी रुक गए, पर कुछ इस तरह, जैसे कोई बड़ी भेद-भरी बात है, जिसे उनकी गोल होती हुई आँखें समझा देंगी।

जगपती मुंशीजी की तरफ ताकता रह गया। मिनट-भर मनहूस-सा मौन छाया रहा, उसे तोड़ते हुए मुंशीजी बड़ी दर्द-भरी आवाज़ में बोले, ‘‘सुन तो लिया होगा तुमने ?’’

‘‘क्या ?’’ कहने को तो जगपती कह गया, पर उसे लगा कि अभी मुंशीजी उस गाँव में फैली बात को ही बड़ी बेदर्दी से कह डालेंगे, उसने नाहक पूछा।

तभी मुंशीजी ने उसकी नाक के पास मुँह ले जाते हुए कहा, ‘‘चंदा दूसरे के घर बैठ रही है...कोई मदसूदन है वहीं का। पर बच्चा दीवार बन गया है, चाहते तो वो यही हैं कि मर जाए, तो रास्ता खुले, पर रामजी की मरजी...सुना है, बच्चे के रहते भी वो चंदा को बैठाने को तैयार है।’’

जगपती की साँस गले में अटककर रह गई। बस, आँखें मुंशीजी के चेहरे पर पथराई-सी जड़ी थीं।

मुंशीजी बोले, ‘‘अदालत से बच्चा तुम्हें मिल सकता है।...अब काहे की शरम-लिहाज!’’

‘‘अपना कहकर किस मुँह से माँगूँ, बाबा ? हर तरफ तो कर्ज से दबा हूँ। तन से, मन से, पैसे से, इज़्ज़त से, किसके बल पर दुनिया संजोने की कोशिश करूँ ?’’ कहते-कहते वह अपने में खो गया।

मुंशीजी वहीं बैठ गए। जब रात झुक आई तो जगपती के साथ ही मुंशीजी भी उठे। उसके कंधे पर हाथ रखे वह उसे गली तक लाए। अपनी कोठरी आने पर पीठ सहलाकर उसे छोड़ दिया। वह गरदन झुकाए गली के अंधेरे में उन्हीं खयालों में डूबा ऐसे चलता चला आया, जैसे कुछ हुआ ही न हो। पर कुछ ऐसा बोझ था, जो न सोचने देता था और न समझने। जब चाची की बैठक के पास से गुजरने लगा, तो सहसा उसके कानों में भनक पड़ी—‘‘आ गए सत्यानासी ! कुलबोरन !’’

उसने ज़रा नज़र उठाकर देखा, तो गली की चाची-भौजाइयाँ बैठक में जमा थीं और चंदा की ही चर्चा छिड़ी थी। पर वह चुपचाप निकल गया।

इतने दिनों बाद ताला खोला और बरोठे के अँधेरे में कुछ सूझ न पड़ा, तो एकाएक वह रात उसकी आँखों के सामने घूम गई जब वह अस्पताल से चंदा के साथ लौटा था। बेवा चाची का जहरबुझा तीर, ‘राजा निरबंसिया अस्पताल से लौट आये।’ और आज सत्यानासी ! कुलबोरन ! और स्वयं उसका वह वाक्य, जो चंदा को छेद गया था, ‘तुम्हारे कभी कुछ न होगा...!’ और उस रात की शिशु चंदा !

चंदा के लड़का हुआ है।...वह कुछ और जनती, आदमी का बच्चा न जनती ! ...वह और कुछ भी जनती, कंकड़, पत्थर ! वह नारी न बनती, बच्ची ही बनी रहती, उस रात की शिशु चंदा ! पर चंदा यह सब क्या करने जा रही है ? उसके जीते-जी वह दूसरे के घर बैठने जा रही है ? कितने बड़े पाप में ढकेल दिया चंदा को...पर उसे भी तो कुछ सोचना चाहिए ! आखिर क्या ? पर मेरे जीते-जी तो यह सब अच्छा नहीं। वह इतनी घृणा बरदाश्त करके भी जीने को तैयार है ! या मुझे जलाने को ? वह मुझे नीच समझती है, कायर...नहीं तो एक बार खबर तो लेती। बच्चा हुआ, तो पता तो लगता। पर नहीं, वह उसका कौन है ? कोई भी नहीं ! औलाद ही तो वह स्नेह की धुरी है, जो आदमी-औरत के पहियों को साधकर तन के दलदल से पार ले जाती है...नहीं तो हर औरत वेश्या है और हर आदमी वासना का कीड़ा। तो क्या चंदा...औरत नहीं रही ? वह ज़रूर औरत थी, पर स्वयं मैंने उसे नरक में डाल दिया ! वह बच्चा मेरा कोई नहीं, पर चंदा तो मेरी है। एक बार उसे ले आता फिर यहाँ...रात के मोहक अंधेरे में उसके फूल से अधरों को देखता...निर्द्वंद्व सोए पलकों को निहारता...साँसों की दूध-सी अछूती महक को समेट लेता...

आज का अँधेरा ! घर में तेल भी नहीं, जो दीया जला ले। और फिर किसके लिए कौन जलाए ? चंदा के लिए...पर उसे तो उसने बेच दिया था। सिवा चंदा के कौन-सी सम्पत्ति उसके पास थी, जिसके आधार पर कोई कर्ज देता। कर्ज न मिलता, तो यह सब कैसे चलता ? काम...पेड़ कहाँ से कटते ? और तब शकूरे के वे शब्द उसके कानों में गूंज गए, 'हरा होने से क्या, उखट तो गया है...' वह स्वयं भी तो एक उखटा हुआ पेड़ है, न फल का, न फूल का, सब व्यर्थ ही तो है। जो कुछ सोचा उस पर कभी विश्वास न कर पाया। चंदा को चाहता रहा, पर उसके दिल में चाहत न जगा पाया। उसे कहीं से एक पैसा मांगने पर डांटता रहा, पर खुद लेता रहा और आज...वह दूसरे के घर बैठ रही है...उसे छोड़कर...वह अकेला है,...हर तरफ बोझ है, जिसमें उसकी नस-नस कुचली जा रही है, रग-रग फट गई है।...और वह किसी तरह टटोल-टटोलकर भीतर घर में पहुँचा...

"रानी अपने कुल-देवता के मंदिर में पहुँची," मां सुनाया करती थीं, "अपने सतीत्व को सिद्ध करने के लिए उन्होंने घोर तपस्या की। राजा देखते रहे ! कुल-देवता

प्रसन्न हुए और उन्होंने अपनी दैवी शक्ति से दोनों बालकों को तत्काल जनमें शिशुओं में बदल दिया। रानी की छातियों में दूध भर आया, उनमें से धार फूट पड़ी, जो शिशुओं के मुँह में गिरने लगी। राजा को रानी के सतीत्व का सबूत मिल गया। उन्होंने रानी के चरण पकड़ लिए और कहा कि तुम देवी हो ! ये मेरे पुत्र हैं ! और उस दिन से राजा ने फिर से राजकाज सँभाल लिया...''

पर उसी रात जगपती अपना सारा कारोबार त्याग, अफीम और तेल पीकर मर गया। क्योंकि चंदा के पास कोई दैवी शक्ति नहीं थी और जगपती राजा नहीं, वह बचनसिंह कंपाउंडर का कर्ज़दार था !...

''राजा ने दो बातें कीं,'' माँ सुनाती थीं, ''एक तो रानी के नाम से उन्होंने बड़ा मंदिर बनवाया और दूसरे, राजा के नए सिक्कों पर बड़े राजकुमार का नाम खुदवाकर चालू किया, जिससे राज-भर में अगले उत्तराधिकारी की खबर हो जाए...''

जगपती ने मरते वक्त दो परचे छोड़े, एक चंदा के नाम, दूसरा कानून के नाम।
        चंदा को उसने लिखा था—''चंदा, मेरी अंतिम चाह यही है कि तुम बच्चे को लेकर चली आना...अभी एक-दो दिन मेरी लाश की दुर्गति होगी, तब तक तुम आ सकोगी। चंदा आदमी को पाप नहीं पश्चाताप मारता है, मैं बहुत पहले मर चुका था। बच्चे को लेकर ज़रूर चली आना।''
        कानून को उसने लिखा था—''किसी ने मुझे मारा नहीं है...किसी आदमी ने नहीं। मैं जानता हूँ कि मेरे ज़हर की पहचान करने के लिए मेरा सीना चीरा जाएगा। उसमें ज़हर है। मैंने अफीम नहीं, रुपये खाए हैं, उन रुपयों में कर्ज का ज़हर था, उसी ने मुझे मारा है। मेरी लाश तब तक न जलाई जाए, जब तक चंदा बच्चे को लेकर न आ जाए। आग बच्चे से दिलवाई जाए। बस।''

माँ जब कहानी समाप्त करती थीं, तो आस-पास बैठे बच्चे फूल चढ़ाते थे। मेरी कहानी भी खत्म हो गई, पर...

खोई हुई दिशाएँ

सड़क के मोड़ पर लगी रेलिंग के सहारे चंदर खड़ा था। सामने, दाएँ-बाएँ आदमियों का सैलाब था। शाम हो रही थी और कनॉट प्लेस की बत्तियाँ जगमगाने लगी थीं। थकान से उसके पैर जवाब दे रहे थे। कहीं दूर आया-गया भी तो नहीं, फिर भी थकान सारे शरीर में भरी हुई थी। दिल और दिमाग इतना थका हुआ था कि लगता था, वही थकान धीरे-धीरे उतरकर तन में फैलती जा रही है।

पूरा दिन बरबाद हो गया। यही खड़ा सोच रहा था। घर लौटने को भी मन नहीं कर रहा था। आती-जाती एक-सी औरतों को देखकर मन और भी ऊबने लगता था।

भूख...पता नहीं लगी है या नहीं। वह दिमाग पर ज़ोर डालता है—सवेरे आठ बजे घर से निकला था। एक प्याली कॉफी के अलावा तो कुछ पेट में गया नहीं।...और तब उसे अहसास हुआ कि थोड़ी-थोड़ी भूख लग रही है। दिमाग और पेट का साथ ऐसा हो गया है कि भूख भी सोचने से लगती है।

निगाह दूर आसमान पर अटक जाती है, जहाँ चीलें उड़ रही हैं और मोज़े की शक्ल में कटा हुआ आसमान दिखाई दे रहा है। उस गंदले आसमान के नीचे जामा मस्जिद का गुम्बद और मीनार दिखाई पड़ रही है, उनकी नोंकें बड़ी अजीब-सी लग रही हैं।

पीछेवाली दुकान के बाहर चोलियों का विज्ञापन है। रीगल बस स्टॉप के नीम के पेड़ों से धीरे-धीरे पत्तियाँ झड़ रही हैं। बसें जूं-जूं करती आती हैं—एक क्षण ठिठकती हैं—एक ओर से सवारियों को उगलती हैं और दूसरी ओर से निगलकर आगे बढ़ जाती हैं। चौराहे पर बत्तियाँ लगी हैं। बत्तियों की आँखें लाल-पीली हो रही हैं। आस-पास से सैकड़ों लोग गुज़रते हैं, पर कोई उसे नहीं पहचानता। हर आदमी या औरत लापरवाही से दूसरों को नकारता या झूठे दर्प में डूबा हुआ गुज़र जाता है।

और तब उसे अपना वह शहर याद आता है जहाँ से तीन साल पहले वह चला आया था—गंगा के सुनसान किनारे पर भी अगर कोई अनजान मिल जाता तो उसकी नज़रों में पहचान की एक झलक तैर जाती थी।

और यह राजधानी ! जहाँ सब अपना है, अपने देश का है...पर कुछ भी अपना नहीं है, अपने देश का नहीं है।

तमाम सड़कें हैं जिन पर वह जा सकता है, लेकिन वे सड़कें कहीं नहीं पहुँचातीं। उन सड़कों के किनारे घर हैं, बस्तियाँ हैं, पर किसी भी घर में वह नहीं जा सकता। उन घरों के बाहर फाटक हैं, जिन पर कुत्तों से सावधान रहने की चेतावनी है, फूल तोड़ने की मनाही है और घण्टी बजाकर इंतज़ार करने की मज़बूरी है।

...घर पर निर्मला इंतज़ार कर रही होगी। वहाँ पहुँचकर भी पहले मेहमान की तरह कुर्सी पर बैठना होगा, क्योंकि बिस्तर पर कमरे का पूरा सामान सजा होगा और वह हीटर पर खाना पका रही होगी। उन्मुक्त होकर वह हवा के झोंके की तरह कमरे में घुस भी नहीं सकता और न उसे बांहों में लेकर प्यार ही कर सकता है, क्योंकि गुप्ताजी अभी मिल से लौटे नहीं होंगे और मिसेज गुप्ता बेकारी में बैठी गप लड़ा रही होंगी या किसी स्वेटर की बुनाई सीख रही होंगी। अगर वह चला भी गया तो कमरे में बहुत अदब से घुसेगा, फिर मिसेज गुप्ता से इधर-उधर की दो-चार बातें करेगा। तब बीवी खाना खाने की बात कहेगी। और खाने की बात सुनकर मिसेज गुप्ता घर जाने के लिए उठेंगी...

और फिर उसके बाद बड़ी खिड़की का परदा खिसकाना पड़ेगा। किसी बहाने खुराना की तरफ वाली खिड़की को बंद करना पड़ेगा। घूमकर मेज़ के पास पहुँचना होगा और तब पानी का एक गिलास मांगने के बहाने वह पत्नी को बुलाएगा, और तब उसे बांहों में लेकर प्यार से यह कह सकने का मौका आएगा—'बहुत थक गया हूँ।'

लेकिन ऐसा होगा नहीं। इतनी लम्बी प्रक्रिया से गुज़रने के पहले ही उसका मन झुँझला उठेगा और यह कहने पर मज़बूर हो जाएगा, ‘‘अरे भई, खाने में कितनी देर है,’’ सारा प्यार और समूची पहचान न जाने कहाँ छिप चुकी होगी, अजीब-सा बेगानापन होगा। बेकरीवालों के यहाँ भर्रायी आवाज़ में रेडियो गा रहा होगा और गुलाटी के थके कदमों की खोखली आवाज़ जीने पर सुनाई पड़ेगी।

गली में कोई स्कूटर आकर रुकेगा और उसमें से कोई बिन-पहचाना आदमी

किसी और के घर में चला जाएगा। मोटरों की मरम्मत करने वाले गैरेज का मालिक सरदार चाबियाँ लेकर घर जाने के इंतज़ार में आधी रात तक बैठा रहेगा क्योंकि उसे पन्द्रह साल पुराने मेकैनिक पर भी शायद विश्वास नहीं है।

और सामने रहनेवाले बिशन कपूर के आने की आहट-भर मिलेगी। पिछले दो साल से उसने सिर्फ उसके नाम की प्लेट देखी है—बिशन कपूर, जर्नलिस्ट और उसकी शक्ल के बारे में वह सिर्फ यह जानता है कि सामने वाली खिड़की से जब बिजली की रोशनी छनने लगती है और सिगरेट का धुआँ सलाखों से लिपट-लिपटकर बाहर के अंधेरे में डूब जाता है तो बिशन कपूर नाम का एक आदमी भीतर होता है और सुबह जब उसकी खिड़की के नीचे अंडे का छिलका, डबलरोटी का रैपर और जली हुई सिगरेटें, तीलियाँ और राख बिखरी हुई होती हैं तो बिशन कपूर नाम का आदमी जा चुका होता है।

सोचते-सोचते उसे लगा कि मोज़े की बदबू और भी तेज होती जा रही है और अब रेलिंग के पास खड़ा रहना मुश्किल है। जेब से डायरी निकालकर उसने अगले दिन की मुलाकातों के बारे में जान लेना चाहा।

...अंग्रेज़ी दैनिक में पहले फोन करना है फिर समय तय करके मिलना है। रेडियो में एक चक्कर लगाना है। पिछला चेक रिज़र्व बैंक से कैश कराना है और घर एक मनीऑर्डर भेजना है। कल का पूरा वक्त भी इसी में निकल जाएगा, क्योंकि अखबार का सम्पादक परिचित नहीं है जो फौरन बुला ले और खुलकर बात कर ले और कोई बात तय हो जाए। रेडियो में भी कोई बात दस मिनिट में तय नहीं हो सकती और रिजर्व बैंक के काउंटर पर इलाहाबाद वाला अमरनाथ नहीं है जो फौरन चेक लेकर रुपया ला दे। डाकखाने पर व्यापारियों के चपरासियों की भीड़ होगी जो दस-दस मनीऑर्डर के फार्म लिए लाइन में खड़े होंगे और एक कागज़ पर पूरी रकम और मनीऑर्डर कमीशन का मीज़ान लगाने में मशगूल होंगे। उनमें से कोई भी उसे नहीं पहचानता होगा।

एक क्षण की जान-पहचान का सिलसिला सिर्फ पेन होगा, जो कोई-न-कोई दो हरफ लिखने के लिए मांगेगा और लिख चुकने के बाद अपना खत पढ़ते हुए वह बाएं हाथ से उसे कलम लौटाकर शायद धीरे से थैंक्यू कहेगा और टिकट वाले काउंटर की ओर बढ़ जाएगा।

और तब उसे झुंझलाहट-सी हुई। डायरी हाथ में थी और उसकी निगाहें फिर दूर की ऊँची इमारत पर अटक गई थीं, जिस पर बिजली के मुकुट जगमगा रहे थे और उन नामों में से वह किसी को नहीं जानता था। इलाहाबाद में सबसे

बड़े कपड़ेवाले के बारे में इतना तो मालूम था कि पहले वह बहुत गरीब था और कंधे पर कपड़ा रखकर फेरी लगाता था और अब उसका लड़का विदेश पढ़ने गया हुआ है और वह खुद बहुत धार्मिक आदमी है, जो अब माथे पर छापा-तिलक लगाकर मनमाना मुनाफा वसूल करता है और कॉर्पोरेशन का चुनाव लड़ने की तैयारियाँ कर रहा है। यहाँ कुछ भी पता नहीं चलता, किसी के बारे में कुछ भी मालूम नहीं पड़ता।

कनॉट प्लेस में खुले हुए लॉन हैं। तनहा पेड़ हैं और उन दूर-दूर खड़े तनहा पेड़ों के नीचे नगर निगम की बेंचें हैं, जिन पर थके हुए लोग बैठे हैं और लॉन में एकाध बच्चे दौड़ रहे हैं। बच्चों की शक्लें और शरारतें तो बहुत पहचानी-सी लगती हैं, पर गोलगप्पे खाती हुई उनकी मम्मी अजनबी है, क्योंकि उसकी आँखों में मासूमियत और गरिमा से भरा प्यार नहीं है। उसके शरीर में मातृत्व का सौन्दर्य और दर्प भी नहीं है, उसमें सिर्फ एक खुमार है और एक बहुत बेमानी और पिटी हुई ललकार है, जिसे न तो नकारा जा सकता है और न स्वीकार किया जा सकता है—वह ललकार सब कानों में गूंजती है और सब बहरों की तरह गुज़र जाते हैं।

लॉन पर कुछ क्षण बैठने को मन हुआ पर उसे लगा कि वहाँ भी कोई ठिकाना नहीं, अभी कल ही तो चोर की तरह दबे पांव घास में बहता हुआ पानी आया था और उसके कपड़े भीग आए थे।

तनहा खड़े पेड़ों और उनके नीचे सिमटते अँधेरे में अजीब-सा खालीपन है। तनहाई ही सही पर उसमें अपनापन तो हो। वह तनहाई भी किसी की नहीं है क्योंकि हर दस मिनट बाद पुलिस का आदमी उधर से घूमता हुआ निकल जाता है। झाड़ियों की सूखी टहनियों में आइसक्रीम के खाली कागज़ और चने की खाली पुड़ियाँ उलझी हुई हैं या कोई बेघरबार आदमी शराब की खाली बोतल फेंककर चला गया है।

डायरी पर फिर उसकी नज़र जम जाती है,...और शोर-शराबे से भरे उस सैलाब में वह बहुत अकेला-सा महसूस करता है और लगता है कि इन तीन सालों में ऐसा कुछ भी नहीं हुआ जो उसका अपना हो, जिसकी कचोट अभी तक हो, खुशी या दर्द अब भी मौजूद हो, रेगिस्तान की तरह फैली हुई तनहाई है, अनजान सागर तटों की खामोशी और सूनापन है और पछाड़ खाती हुई लहरों का शोर-भर है, जिससे वह खामोशी और भी गहरी होती है।

मोज़े की शक्ल में कटा हुआ आसमान है और जामा मस्जिद के गुम्बद

के ऊपर चक्कर काटती हुई चीलें हैं। औरतों का पीछा करते हुए फूल बेचने वाले और यतीम बच्चों के हाथ में शाम की खबरों के अखबार हैं।

...और तभी चंदर को लगा कि एक अरसा हो गया, एक ज़माना गुज़र गया, वह खुद अपने से नहीं मिल पाया। अपने से बातें करने का वक्त ही नहीं मिला। यह भी नहीं पूछा कि आखिर तेरा हाल-चाल क्या है और तुझे क्या चाहिए ! हल्की-सी मुसकराहट उसके होंठों पर आई और उसने हर शुक्रवार के आगे नोट किया—खुद से मिलना है। शाम सात बजे से नौ बजे तक।' ...और आज भी तो शुक्रवार ही है। यह मुलाकात आज होनी चाहिए। घड़ी पर नज़र जाती है, सात बजा है। पर मन का चोर हावी हो जाता है। क्यों न पहले टी-हाउस में एक प्याला चाय पी ली जाए ? न जाने क्यों मन अपने से मिलने में घबराता है। रह-रहकर कतराता है।

तभी उस पार से आता हुआ आनन्द दिखाई देता है। वह उससे भी नहीं मिलना चाहता। बड़ा बुरा मर्ज़ है आनन्द को। वह उस छूत से बचा रहना चाहता है। आनन्द दुनिया में दोस्त खोजता है, ऐसे दोस्त जो ज़िन्दगी में गहरे न उतरें पर उसके साथ कुछ देर रह सकें और बात कर सकें। उसकी बातों में अजीब-सा बनावटीपन है, वह बनावटीपन जो आदमी किताबों से सीखता है। और उसे लगता है कि वही बनावटीपन खुद उसमें भी कहीं-न-कहीं है...जब कॉलेज और यूनिवर्सिटी के दर्जों में बैठ-बैठकर वह किताबों से ज़िन्दगियों के मरे हुए ब्योरे पढ़ रहा था।

और अब आज उसे लगता है कि वह सारा वक्त बड़ी बेरहमी से बरबाद किया गया है। उसने उन खंडहरों में समय बरबाद किया है जिनकी कथाएं अधपढ़े गाइडों की जबान पर रहती हैं, जो हर बार उन मरी हुई कहानियों को हर दर्शक के सामने दोहराते जाते हैं—यह दीवानेखास है, ज़रा नक्काशी देखिए—यहाँ हीरे जवाहरातों से जड़ा सिंहासन था, यह जनाना हमाम है और यह वह जगह है जहाँ से बादशाह अपनी रिआया को दर्शन देते थे, यह महल सर्दियों का है, यह बरसात का और यह हवादार महल गरमियों का और इधर आइए संभल के, यह वह जगह है जहाँ फांसी दी जाती थी।

चंदर को लगा, ज़िन्दगी के पचीस साल वह उन गाइडों के साथ खंडहरों में बिताकर आया है जिनकी जीवन्त कथाओं को वह कभी नहीं जान पाया, सिर्फ दीवाने-खास उसे दिखाया गया, नक्काशी दिखाई गई और जनाने हमाम में घुमाकर गाइड ने उसे फांसी वाले अंधेरे और बदबूदार कमरे में छोड़ दिया, जहाँ चमगादड़ लटके हुए बिलबिला रहे हैं और एक बहुत पुरानी ऐतिहासिक रस्सी लटक रही

है जिसका फंदा गरदन में कस जाता है और आदमी झूल जाता है। और उसके बाद अन्धे कुएँ में फेंकी गई सिर्फ वे लाशें रह जाती हैं।

उसमें और उनमें कोई अंतर नहीं है।

और आनन्द भी उनसे अलग नहीं है। चंदर कतरा जाना चाहता था, क्योंकि आनन्द आते ही किताबी तरीके से कहेगा, ''यार, तुम्हारे बाल बहुत खूबसूरत हैं, ब्रिलक्रीम लगाते हो ? लड़कियाँ तो तबाह हो जाती होंगी।''

और तभी चंदर को सामने पाकर आनन्द रुक जाता है, ''हलो, यहाँ कैसे ? क्यों लड़कियों पर जुल्म ढा रहे हो।'' सुनकर उसे हँसी आ जाती है।

''किधर से आ रहे हो ?'' डायरी जेब में रखते हुए पूछता है।

''आज तो यूं ही फंस गए, आओ एक प्याली कॉफी हो जाए।'' आनन्द कहता है, फिर एक क्षण रुककर वह दूसरी बात सुझाता है, ''या और कुछ...''

चंदर इसका मतलब समझकर न कर देता है। वह ज़ोर देता है, ''चलो फिर आज तो हो ही जाए, क्या रखा है इस ज़िन्दगी में !'' कहते हुए वह झूठी हँसी हँसता है और धीरे से हाथ दबाकर पूछता है, ''प्लीज़ इफ यू डोण्ट माइण्ड, कुछ पैसे हैं ?'' उसके कहने में कोई हिचक नहीं है और न उसे शरम ही आती है। बड़ी सीधी-सी बात है, पैसे कम हैं।

''अच्छा पार्टनर, मैं अभी इंतज़ाम करके आया,'' वह विश्वास को गहराता हुआ कहता, ''यहीं रुकना, चले मत जाना।'' और वह जाता है तो फिर नहीं आता।

चंदर यह पहले से जानता है।

कुछ देर बाद वह टी-हाउस में घुस जाता है और मेज़ों के पास चक्कर काटता हुआ कोने वाले काउंटर से सिगरेट का पैकेट लेकर एक मेज़ पर जम जाता है।

''हलो !'' कोई एक अधजाना चेहरा कहता है, ''बहुत दिनों बाद इधर आना हुआ।'' और वह भी वहीं बैठ जाता है। दोनों के पास बात करने के लिए कुछ भी नहीं है।

टी-हाउस में बेपनाह शोर है। खोखली हँसी के ठहाके हैं और दीवार पर एक घड़ी है जो हमेशा वक्त से आगे चलती है। तीन रास्ते बाहर से आने और जाने के लिए हैं और चौथा रास्ता बाथरूम जाता है। बाथरूम के पॉट्स में फिनाइल की गोलियाँ पड़ी हैं और गैलरी में एक शीशा लगा हुआ है। हर वह आदमी जो बाथरूम जाता है, उस शीशे में अपना मुँह देखकर लौटता है।

गेलार्ड में डिनर डांस की तैयारी हो रही है। कुर्सियों की तीन कतारें बाहर निकालकर रख दी गई हैं। उधर वोल्गा पर विदेशियों की भीड़ बढ़ रही होगी।

और तभी एक जोड़ा भीतर आता है। महिला सजी-धजी है और जूड़े में फूल भी हैं। आदमी के चेहरे पर अजीब-सा गरूर है और वे दोनों फैमिली वाली सीट पर आमने-सामने बैठ जाते हैं। बैठने से पहले उनमें कोई ताल्लुक नज़र नहीं आ रहा था। सिर्फ इतना-भर कि जब महिला बैठने के लिए मुड़ी थी तो साथ वाले आदमी ने उसकी कमर पर हाथ रखकर सहारा-भर दिया था। इतना-सा साथ था दोनों में।

उनके पास भी बात करने के लिए शायद कुछ नहीं है।

महिला अपना जूड़ा ठीक करते हुए औरों को देख रही है और साथ वाला आदमी पानी के गिलास को देख रहा है। किसी के देखने में कोई मतलब नहीं है। आँखें हैं, इसलिए देखना पड़ता है। अगर न होतीं तो सवाल ही नहीं था। एक जगह देखते-देखते आँखों में पानी आ जाता है—इसलिए ज़रूरी है कि इधर-उधर देखा जाए।

बेयरा उनकी मेज़ पर सामान रख जाता है और दोनों खाने में मशगूल हो जाते हैं। कोई बात नहीं करता। आदमी खाना खा के दाँत कुरेदने लगता है और वह महिला रूमाल निकालकर अंदाज़ से लिपस्टिक ठीक करती है।

अंत में बेयरा आकर पैसे लौटाता है तो आदमी कुछ टिप छोड़ता है, जिसे महिला गौर से देखती है और दोनों लापरवाही से उठ खड़े होते हैं। फिर उन दोनों में हल्का-सा सम्बन्ध उसे नज़र आता है—वह आदमी ठिठककर साथ वाली महिला को आगे निकलने का इशारा करता है और उसके पीछे-पीछे चला जाता है।

चंदर का मन और भारी हो जाता है। अकेलेपन का नागपाश और भी कस जाता है। अपने साथ बैठे हुए अनजान दोस्त की तरफ वह गहरी नज़रों से देखता है और सोचता है, अजनबी ही सही, पर इसने पहचाना तो। इतनी पहचान भी बड़ा सहारा देती है...चंदर को अपनी ओर देखते हुए वह साथ वाला दोस्त कुछ कहने को होता है पर जैसे उसे कुछ याद नहीं आता, फिर अपने को संभालकर उसने चंदर से पूछा, ''आप...आप तो शायद कॉमर्स मिनिस्ट्री में हैं। मुझे याद पड़ता है कि...'' कहते हुए वह रुक जाता है।

चंदर का पूरा शरीर झनझना उठता है और एक घूंट में बची हुई कॉफी

पीकर वह बड़े संयत स्वर में जवाब देता है, ''नहीं, मैं कॉमर्स मिनिस्ट्री में कभी नहीं था...''

वह आदमी आगे अटकलें भिड़ाने की कोशिश नहीं करता, सीधे-सीधे उस अनजान सम्बन्ध को मजबूत बनाते हुए कहता है, ''ऑल राइट पार्टनर, फिर कभी मुलाकात होगी।'' और सिगरेट सुलगाता हुआ उठ जाता है।

चंदर बाहर निकलकर बस-स्टॉप की ओर बढ़ता है। मद्रास होटल के पीछे बस-स्टॉप पर चार-पांच लोग खड़े हैं और पुलिस वाला स्टॉप की छतरी के नीचे बैठा सिगरेट पी रहा है।

चंदर वहीं आकर खड़ा हो जाता है। सब जानना चाहते हैं कि बस कब तक आएगी, पर कोई किसी से कुछ भी नहीं पूछता। पेड़ के अंधेरे में वह चुपचाप खड़ा है। नीचे पीले पत्ते पड़े हैं, जो उसके पैरों से दबकर चुरमुराने लगते हैं और पीले पत्तों की वह आवाज़ उसे वर्षों पीछे खींच ले जाती है। इस आवाज़ में एक बहुत गहरा अपनापन है, उसे बड़ी राहत-सी मिलती है।

...ऐसे ही पीले पत्ते पड़े हुए थे। उस राह पर बहुत साल पहले इंद्रा के साथ एक दिन वह चला जा रहा था, कुछ भी नहीं था उसके सामने, वह खंडहरों में अपनी ज़िन्दगी खराब कर रहा था और तब इंद्रा ने ही उससे कहा था, ''चंदर, तुम क्या नहीं कर सकते।'' वही पहचानी हुई आवाज़ फिर उसके कानों से टकराती है, ''तुम क्या नहीं कर सकते।'' और यह कहते-कहते इंद्रा की आँखों में अदम्य विश्वास झलक आया था।

और इंद्रा की उन प्यार-भरी आँखों में झाँकते हुए उसने कहा था, ''मेरे पास है ही क्या? समझ में नहीं आता कि ज़िन्दगी कहाँ ले जाएगी इंद्रा! इसीलिए मैं यह नहीं चाहता कि तुम अपनी ज़िन्दगी मेरी खातिर बिगाड़ लो। पता नहीं, मैं किस किनारे लगूँ, भूखा मरूँ या पागल हो जाऊँ...''

इंद्रा की आँखों में प्यार के बादल और गहरे हो आए थे और उसने कहा था, ''ऐसी बातें क्यों करते हो चंदर, मैं तुम्हारे साथ हर हालत में सुखी रहूँगी!''

चंदर ने उसे बहुत गौर से देखा था। इंद्रा की आँखों में नमी आ गई थी। उसकी कँटीली बरौनियों से विश्वास-भरी मासूमियत झलक रही थी। माथे पर आई हुई लट छूने को उसका मन हो आया था पर वह झिझककर रह गया था। इंद्रा के कानों में पड़े हुए कुण्डल पानी में तैरती मछलियों की तरह झलक जाते थे और तब उसने कहा था, ''आओ, उधर पेड़ के नीचे बैठेंगे।''

वे दोनों साथ-साथ चल दिए थे। सिरस के पेड़ के नीचे एक सीमेण्ट की

बेंच बनी थी। राह पर पीली पत्तियाँ बिखरी हुई थीं। उनके कुचलने से ऐसी ही आवाज़ आई थी जो अभी-अभी उसने सुनी थी...वही पहचान-भरी आवाज़।

दोनों बेंच पर बैठ गए थे और चंदर धीरे से उसकी कलाई पर अंगुली से लकीरें खींचने लगा था। दोनों खामोश बैठे थे, बहुत-सी बातें थीं जो वे कह नहीं पा रहे थे। कुछ क्षणों बाद इंद्रा ने आँखें चुराते हुए उसे देखा था और शरमा गई थी, फिर उसी बात पर आ गई थी जैसे उसी एक बात में सारी बातें छिपी हों, ''तुम ऐसा क्यों सोचते हो चंदर, मुझ पर भरोसा नहीं ?''

तब चंदर ने कहा था, ''भरोसा तो बहुत है इंद्रा, पर मैं खानाबदोशों की तरह ज़िन्दगी-भर भटकता रहूँगा...उन परेशानियों में तुम्हें खींचने की बात सोचता हूँ तो बरदाश्त नहीं कर पाता। तुम बहुत अच्छी और सुविधाओं से भरी ज़िन्दगी जी सकती हो। मैंने तो सिर पर कफन बाँधा है...मेरा क्या ठिकाना !''

''तुम चाहे जो कुछ बनो चंदर, अच्छे या बुरे, मेरे लिए एक-से रहोगे। कितना इंतज़ार करती हूँ तुम्हारा, पर तुम्हें कभी वक़्त ही नहीं मिलता।'' फिर कुछ देर मौन रहकर उसने पूछा था, ''इधर कुछ लिखा ?''

''हाँ,'' धीरे से चंदर ने कहा था।

''दिखाओ।'' इंद्रा ने मांगा था।

और तब चंदर ने पसीजे हुए हाथों से डायरी बढ़ा दी थी। इंद्रा ने तुरन्त उस डायरी को अपनी किताबों में रख लिया था और बोली थी, ''अब यह कल मिलेगी, इस बहाने तो अब आओगे...''

''नहीं, नहीं...मैं डायरी अपने साथ ले जाऊँगा, मुझे वापस दो।'' चंदर ने कहा था तो इंद्रा शैतानी से मुस्कराती रही थी और उसकी आँखों में प्यार की गहराइयाँ और बढ़ गई थीं।

हारकर चंदर वापस चला आया था और दूसरे दिन अपनी डायरी लेने पहुँचा था तो इंद्रा ने कहा था, ''इसमें कुछ मैंने भी लिखा है, पढ़कर ज़रूर फाड़ देना।''

''मैं नहीं फाड़ूँगा।''

''तो कुट्टी हो जाएगी।'' इंद्रा ने बच्चों की तरह बड़ी मासूमियत से कहा था और उस वक्त उसके मुँह से वह बेहद बचपने की बात भी बड़ी अच्छी लगी थी।

और एक दिन...

एक दिन इंद्रा घर आई थी। इधर-उधर से घूम-घामकर वह चंदर के कमरे में पहुँच गई थी और तब चंदर ने पहली बार उसे बिलकुल अपने पास महसूस

किया था और उसके माथे पर रंग से बिन्दी बना दी थी और कई क्षणों तक मुग्ध-सा देखता रह गया था। और अनजाने ही उसने होंठ इंद्रा के माथे पर रख दिए थे। इंद्रा की पलकें झँप गई थीं और रोम-रोम से गंध फूट उठी थी। उसकी अँगुलियाँ चंदर की बाँहों पर थरथराने लगी थीं और माथे पर आया पसीना उसके होंठों ने सोख लिया था। रेशमी रोएँ पसीने से चिपक गए थे और उन उन्माद के क्षणों में दोनों ने ही प्रतिज्ञा की थी...वह प्रतिज्ञा जिसमें शब्द नहीं थे, जो होंठों तक भी नहीं आई थी!

तब से उसे ये शब्द हमेशा याद रहते हैं, 'तुम क्या नहीं कर सकते।'

और तभी एक दूसरे नम्बर की बस आती है और ठिठककर चली जाती है। चंदर को अहसास होता है कि वह बस-स्टॉप पर खड़ा है, वह गहरी पहचान... कहीं कोई तो है ...और वह बहुत दूर भी तो नहीं।

इंद्रा भी तो यहीं है दिल्ली में...

दो महीने पहले ही तो वह मिला था। तब भी इंद्रा की आँखों में वह चार बरस पहले की पहचान थी और उसने पति से किसी बात पर कहा था, ''अरे, चंदर की आदतें मैं खूब जानती हूँ।''

और इंद्रा के पति ने बड़े खुले दिल से कहा था, ''तो फिर भई, इनकी खातिर-वातिर करो...''

और इंद्रा ने मुस्कराते हुए चार बरस पहले की तरह चिढ़ाने के अंदाज़ में बयान किया था, ''चंदर को दूध से चिढ़ है और कॉफी इन्हें धुआँ पीने की तरह लगती है, चाय में अगर दूसरा चम्मच चीनी डाल दी गई तो इनका गला खराब हो जाएगा।'' कहकर वह खिलखिलाकर हँस दी थी और इस बात से उसने पिछली बातों की याद ताजी कर दी थी ...सचमुच चंदर दो चम्मच चीनी नहीं पी सकता।

बस आने का नाम नहीं ले रही थी।

खड़े-खड़े चंदर को लगा कि इस अनजानी और बिन जान-पहचान से भरी नगरी में एक इंद्रा है जो उसे इतने सालों के बाद भी पहचानती है, अब तक जानती है। उसका मन अपने-आप इंद्रा से मिलने के लिए छटपटाने लगा, ताकि यह अजनबीपन किसी तरह टूट सके...

तभी एक फटफटवाला आवाज़ लगाता हुआ आ जाता है, गुरद्वारा रोड... करोलबाग गुरद्वारा रोड ! चंदर एक कदम आगे बढ़ता है और वह सरदार उसे देखते ही जैसे एकदम पहचान जाता है, ''आइए बाबूजी, करोलबाग गुरद्वारा रोड।'' उसकी आँखों में पहचान की झलक देखकर चंदर का मन हलका हो जाता है।

आखिर एक ने तो पहचाना। चंदर सरदार को पहचानता है, बहुत बार वह इसी सरदार के फटफट में बैठकर कनॉट प्लेस आया है।

आँखों में पहचान देखते ही चंदर लपककर फटफट पर बैठ जाता है। तीन सवारियाँ और आ जाती हैं और दस मिनट बाद ही गुरुद्वारा रोड के चौराहे पर फटफट रुकता है। चंदर एक चवन्नी निकालकर सरदार की हथेली पर रख देता है और पहचान-भरी नज़रों से उसे देखता हुआ चलने लगता है।

तभी पीछे से आवाज़ आती है, ''ऐ बाबूजी, कितना पैसा दिया है ?'' चंदर मुड़कर देखता है तो सरदार उसकी तरफ आता हुआ कहता है, ''दो आना और दीजिए साहब !''

''हमेशा चार आने लगते हैं सरदारजी ?'' चंदर पहचान जताता हुआ कहता है, पर सरदार की आँखों में पहचान की परछाई तक नहीं है। वह फिर कहता है, ''सरदार जी, आपके फटफट पर ही बीसों बार चार आने देकर आया हूँ।''

''किसी होर ने लये होणगे चार आने...असी ते छै आने तों घट नहीं लेंदे बादशाहो !'' सरदार इस बार पंजाबी में बोला था और उसकी हथेली फैली हुई थी।

बात दो आने की नहीं थी। चंदर ने बाकी पैसे उसकी हथेली पर रख दिए और इंद्रा के घर की तरफ मुड़ गया।

और इंद्रा उसे मिली तो वैसे ही। वह अपने पति का इंतज़ार कर रही थी। बड़ी अच्छी तरह उसने चंदर को बैठाया और बोली, ''इधर कैसे भूल पड़े आज ?'' फिर आँखों में वही पहचान की परछाई तैर गई थी। कुछ क्षणों बाद इंद्रा ने कहा था, ''अब तो नौ बज रहे हैं, ये आठ ही बजे फैक्ट्री बन्द करके लौट आते हैं, पता नहीं आज क्यों देर हो गई, अच्छा चाय तो पियोगे ?''

''चाय के लिए इनकार तो नहीं की जा सकती।'' चंदर ने बड़े उत्साह से कहा था और कुरसी पर आराम से टाँगें फैलाकर बैठ गया था। उसकी सारी थकान उतर गई थी और मन का अकेलापन डूब गया था।

नौकरानी आकर चाय रख गई। इंद्रा ने प्याले सीधे करके चाय बनाई तो वह उसकी बाँहों, चेहरे और हाथों को देखता रहा। सब कुछ वही था, वैसा ही था...चिर-परिचित, तभी इंद्रा ने पूछा, ''चीनी कितनी दूँ?''

और एक झटके से सब कुछ बिखर गया, उसका गला सूखने-सा लगा और शरीर फिर थकान से भारी हो गया। माथे पर पसीना आ गया। फिर भी उसने पहचान का रिश्ता जोड़ने की एक नाकाम कोशिश की और बोला, ''दो चम्मच।''

और उसे लगा कि अभी इंद्रा को सब कुछ याद आ जाएगा और वह कहेगी कि दो चम्मच चीनी से अब गला खराब नहीं होता ?

पर इंद्रा ने प्याले में दो चम्मच चीनी डाल दी और उसकी ओर बढ़ा दिया। जहर के घूँटों की तरह वह चाय पीता रहा। इंद्रा इधर-उधर की बातें करती रही पर उनमें उसे मेहमानबाजी की बू लग रही थी और चंदर का मन कर रहा था कि इंद्रा के पास से किसी भी तरह भाग जाए और किसी दीवार पर अपना सिर पटक दे।

जैसे-तैसे उसने चाय पी और पसीना पोंछता हुआ बाहर निकल आया। इंद्रा ने क्या-क्या बातें कहीं, उसे बिलकुल याद नहीं।

सड़क पर निकलकर वह एक गहरी साँस लेता है और कुछ क्षणों के लिए खड़ा रह जाता है। उसका गला बुरी तरह सूख रहा है और मुँह का स्वाद बेहद बिगड़ा हुआ है।

चौराहे पर कुछ टैक्सी ड्राइवर नशे में गालियाँ बक रहे हैं और एक कुत्ता दूर सड़क पर भागा चला जा रहा है। मछलियाँ तलने की गंध यहाँ तक आ रही है और पान वाले की दूकान पर कुछ जवान लोग कोकाकोला की बोतलें मुँह में लगाए खड़े हैं। स्कूटरों में कुछ लोग भागे जा रहे हैं। और शहर से दूर जाने वाले लोग बस-स्टॉप पर खड़े अब भी प्रतीक्षा कर रहे हैं।

कारें, टैक्सियां, बसें और स्कूटर आ-जा रहे हैं। चौराहे पर लगी बत्तियों की आँखें अब भी लाल-पीली हो रही हैं।

चंदर थका-सा अपने घर की ओर लौट रहा है। अँगुलियों पर जूता काट रहा है और मोज़े की बदबू और भी तेज़ हो गई है।

आखिर वह थका-हारा घर पहुँचता है और मेहमान की तरह कुरसी पर बैठ जाता है। यह कोई नई बात नहीं है। निर्मला उसे देखकर मुस्कराती है और धीरे से बाँहों पर हाथ रखकर पूछती है, ''बहुत थक गए?''

''हाँ।'' चंदर कहता है और उसे बहुत प्यार से देखता है। उसका मन भीतर से उमड़ पड़ता है। वह किराए का मकान भी उस क्षण उसे राहत देता है और लगता है कि वह उसी का है।

निर्मला खाना लगाते हुए कहती है, ''हाथ-मुँह धो लो...''

''अभी खाने का मन नहीं है।'' चंदर कहता है तो वह बहुत प्यार से देखते हुए पूछती है, ''क्यों, क्या बात है, सुबह भी तो खाके नहीं गए थे, दोपहर में कुछ खाया था ?''

''हाँ।'' वह कहता है और निर्मला को देखता रह जाता है।

निर्मला कुछ अचकचाती है और कुछ देर बाद थकी-सी उसके पास बैठ जाती है।

चंदर कुछ देर खोई-खोई नज़रों से कमरे की हर चीज़ देखता रहता है और बीच-बीच में बड़ी गहरी नज़रों से निर्मला को ताकता है। निर्मला कोई किताब खोलकर पढ़ने लगती है और चंदर उसे देखे जा रहा है।

पीछे से पड़ती हुई रोशनी में निर्मला के बाल रेशम की तरह चमक रहे हैं, उसकी बरौनियाँ मुलायम काँटों की तरह लग रही हैं और कनपटी के पास रेशमी बालों के सिरे अपने-आप घूम गए हैं। पलक के नीचे पड़ती हुई परछाईं बहुत पहचानी-सी लग रही है। उसने कड़ा आधी कलाई तक सरका लिया है।

चंदर की निगाहें उसके अंग-प्रत्यंग में पुरानी पहचान खोज रही हैं, उसके नाखून, अँगुलियाँ और कानों की गुदारी लबें...

उठकर वह परदे खींच देता है और आराम से लेट जाता है। उसे लगता है कि वह अकेला नहीं है। अजनबी और तनहा नहीं है। सामने वाला गुलदस्ता उसका अपना है, पड़े हुए कपड़े उसके अपने हैं, उनकी गंध वह पहचानता है।

इन सभी चीज़ों में एक गहरी पहचान है। घोर अँधेरी रात में भी वह उन्हें टटोलकर पहचान सकता है। किसी भी दरवाज़े से बिना टकराए निकल सकता है।

...तभी जीने पर गुलाटी के थके कदमों की खोखली आहट सुनाई पड़ती है और उसे घबराहट-सी होती है। वह धीरे-से निर्मला को अपने पास बुला लेता है। उसे लिटाकर छाती पर हाथ रख लेता है।

कई क्षणों तक वह उसकी सांस से उठती-बैठती छाती को महसूस करता है...और चाहता है कि निर्मला के शरीर का अंग-अंग और मन की हर धड़कन उसे पहचान की साक्षी दें...गहरी आत्मीयता और निर्बन्ध एकता का अहसास दें...

अँधेरे ही में वह उसके नाखूनों को टटोलता है, उसकी पलकों को छूता है, उसकी गरदन में मुँह छिपाकर खो जाना चाहता है, धुले हुए बालों की चिर-परिचित गंध उसके रंध्र-रंध्र में रिसने लगती है और उसके हाथ पहचान के लिए पोर-पोर पर थरथराते हुए सरकते हैं। निर्मला की साँस भारी हो जाती है।

वह उसकी मांसल बाँहों को महसूस करता है और गुदारे कन्धों पर हाथ से थपथपाता रहता है, निर्मला के शरीर का अंग-अंग अनूठे अनुराग से खिंचता-सा आता है। उसका रोम-रोम उसे पहचान रहा था, जोड़-जोड़ कसाव से पूरित था,

तन के भीतर गरम रक्त से ज्वार उठ रहे थे और हर साँस पास खींचती जा रही थी। अंग-प्रत्यंग में, पोर-पोर में गहरी पहचान थी...

तभी बिशन कपूर की खिड़की में उजाला होता है और धुआँ सलाखों से लिपट-लिपटकर गली के अँधेरे में डूबने लगता है।

और उसका तनहा मन तनहाइयों को छोड़कर उन परिचित गंध, परिचित साँसों और पहचाने स्पर्शों में डूबता जाता है। उसे और कुछ भी नहीं चाहिए... परिचय की एक माँग है और उस अँधेरे में वह साँसों से, गन्ध से, तन के टुकड़े-टुकड़े से पहचान चाहता है, पुरानी प्रतीति चाहता है।

चारों तरफ सन्नाटा छा जाता है।

और उस खामोशी में वह आश्वस्त होता है...वह दोनों बाँहों में उसे भर लेता है। ज्वार और उठता है। तन की गरमाहट और बढ़ती है और रंध्र-रंध्र में एकता का सागर लहराने लगता है।

धीरे-धीरे निर्मला की तेज साँसें धीमी पड़ती हैं और चुम्बकीय कशिश ढीली पड़ जाती है। खिंचाव टूटने लगता है और अंगों के ज्वार उतरने लगते हैं...

चंदर कसकर उसकी बांहों को जकड़े रहता है...उतरता हुआ ज्वार उसे फिर अकेला छोड़े जा रहा है...अनजान तटों पर छोड़ी हुई सीपी की तरह।

निर्मला अपनी दबी हुई बाँह निकाल लेती है और गहरी सांस लेकर ढीली-सी लेट जाती है।

धीरे-धीरे सब कुछ सो जाता है और रात बहुत नीचे उतर आती है। कहीं कोई आवाज़ नहीं, कोई आहट नहीं।

धीरे-से निर्मला करवट बदलती है और दूसरी ओर मुँह करके गहरी नींद में डूब जाती है।

करवट बदलकर लेटी हुई निर्मला को वह अलसाया-सा देखता रहता है ...और चंदर फिर अपने को बेहद अकेला महसूस करता है...वह निर्मला के कन्धे पर हाथ रखता है, चाहता है कि उसकी करवट बदल दे, पर उसकी अँगुलियाँ बेजान होकर रह जाती हैं। कुछ क्षण वह अँधेरे में ही निर्मला को उधर मुँह किए लेटा हुआ देखता है और हताश-सा खुद भी लेट जाता है। पता नहीं कब उसकी पलकें झपक जाती हैं।

और फिर कुछ देर बाद थाने का घड़ियाल दो के घण्टे बजाता है और उसकी नींद उचट जाती है। नींद के खुमार में ही वह चौंक पड़ता है। कमरे की खामोशी और सूनेपन से उसे डर-सा लगता है। अँधेरे में ही वह निर्मला को टटोलता है,

तकिए पर बिखरे उसके बालों पर उसका हाथ पड़ता है और वह उन बालों की चिकनाई को महसूस करता है...सिर झुकाकर वह उन्हें सूँघता है...

फिर निर्मला पर हाथ रखता है—उसके गोल कंधों को छूता है...वह स्पर्श भी पहचाना हुआ है...धीरे-धीरे वह उसके पूरे शरीर को पहचानने के लिए टटोलता है और उसकी साँसों की हलकी आवाज़ को सुनने और पहचानने की कोशिश करता है।

निर्मला अब भी करवट लिए पड़ी थी। वह धीरे से नींद में कुनमुनाती है। चंदर का दिल धक्-से रह जाता है। कहीं निर्मला जाग न जाए, अनजाने ही इस स्पर्श से अजनबियों की तरह चौंक न जाए।

निर्मला सोते-सोते एक बार रुक-रुककर साँस लेती है, जैसे उसे डर सा लग रहा हो...या कोई भयंकर सपना देख रही हो...चंदर सुन्न-सा रह जाता है... क्या वह उसके स्पर्श को नहीं पहचानती ?

और फिर निर्मला को झकझोर कर वह उठता है, ''निर्मला... निर्मला...'' वह बदहवासी में कहता है।

निर्मला चौंककर उठती है और आँखें मलते हुए प्रकृतिस्थ होने की कोशिश करती है।

और बिजली जलाकर वह निर्मला को दोनों कन्धों से पकड़कर अपना मुँह उसके सामने करके डरी हुई आवाज़ में पूछता है, ''मुझे पहचानती हो? मुझे पहचानती हो निर्मला?''

निर्मला आँखें फाड़े देखती रह जाती है, धीरे से आश्चर्य-भरे स्वर में कहती है, ''क्या हुआ?''

और वह निर्मला को ताकता रह जाता है। उसकी आँखें उसके चेहरे पर कुछ खोजती रह जाती हैं।

गर्मियों के दिन

चुंगी-दफ़्तर खूब रंगा-चुंगा है। उसके फाटक पर इंद्र-धनुषी आकार के बोर्ड लगे हुए हैं। सैयद अली पेंटर ने बड़े सधे हाथ से उन बोर्डों को बनाया है। देखते-देखते शहर में बहुत-सी ऐसी दुकानें हो गई हैं, जिन पर साइनबोर्ड लटक गए हैं। साइनबोर्ड लगना यानी औकात का बढ़ना। बहुत दिन पहले जब दीनानाथ हलवाई की दूकान पर पहला साइनबोर्ड लगा था तो वहाँ दूध पीने वालों की संख्या एकाएक बढ़ गई थी। फिर बाढ़ आ गई, और नए-नए तरीके और बेलबूटे ईजाद किए गए। 'ॐ' या 'जय हिंद' से शुरू करके 'एक बार अवश्य परीक्षा कीजिए', या 'मिलावट साबित करनेवालों को सौ रुपया नकद इनाम' की मनुहारों या ललकारों पर लिखावट समाप्त होने लगी।

चुंगी-दफ़्तर का नाम तीन भाषाओं में लिखा है। चेयरमैन साहब बड़े अक्किल के आदमी हैं, उनकी सूझ-बूझ का डंका बजता है, इसलिए हर साइनबोर्ड हिन्दी, उर्दू और अंग्रेज़ी में लिखा जाता है। दूर-दूर के नेता लोग भाषण देने आते हैं, देश-विदेश के लोग आगरे का ताजमहल देखकर पूरब की ओर आते हुए यहाँ से गुज़रते हैं...उन पर असर पड़ता है, भाई। और फिर मौसम की बात : मेले-तमाशे के दिनों में हलवाइयों, जुलाई-अगस्त में किताब-कागज़वालों, सहालग में कपड़े वालों और खराब मौसम में वैद्य-हकीमों के साइनबोर्डों पर नया रोगन चढ़ता है। शुद्ध देशी घी वाले सबसे अच्छे, जो छप्परों के भीतर दीवार पर गेरू या हिरमिजी से लिखकर काम चला लेते हैं। इसके बगैर काम नहीं चलता। अहमियत बताते हुए वैद्य जी ने कहा, ''बगैर पोस्टर चिपकाए सिनेमावालों का भी काम नहीं चलता। बड़े-बड़े शहरों में जाइए, मिट्टी का तेल बेचनेवाले की दूकान पर साइनबोट मिल जाएगा। बड़ी ज़रूरी चीज़ है। बाल-बच्चों के नाम तक साइनबोट हैं, नहीं तो नाम रखने की जरूरत क्या है ? साइनबोट लगा के सुखदेव बाबू कम्पौंडर से डॉक्टर हो गए, बैग लेके चलने लगे।''

पास बैठे रामचरन ने एक और नये चमत्कार की खबर दी, ''कल उन्होंने बुधईवाला इक्का-घोड़ा खरीद लिया...''

''हाँकेगा कौन ?'' टीन की कुर्सी पर प्राणायाम की मुद्रा में बैठे पंडित ने पूछा।

''ये सब जेब कतरने का तरीका है,'' वैद्यजी का ध्यान इक्के की तरफ अधिक था, ''मरीज से किराया वसूल करेंगे। सईस को बख़्शीश दिलाएंगे, बड़े शहरों के डॉक्टरों की तरह। इसी से पेशे की बदनामी होती है। पूछो, मरीज़ का इलाज करना है कि रोबदाब दिखाना है। अंगरेज़ी आले लगाकर मरीज की आधी जान पहले सुखा डालते हैं। आयुर्वेदी नब्ज देखना तो दूर, अरे हम तो चेहरा देख के रोग बता दें ! इक्का-घोड़ा इसमें क्या करेगा ? थोड़े दिन बाद देखना, उनका सईस कम्पौंडर हो जाएगा...'' कहते-कहते वैद्यजी बड़ी घिसी हुई हँसी में हँस पड़े। फिर बोले, ''कौन क्या कहे भाई ? डॉक्टरी तो तमाशा बन गई है। वकील-मुख्तार के लड़के डॉक्टर होने लगे ! खून और संस्कार से बात बनती है...हाथ में जस आता है, वैद्य का बेटा वैद्य होता है। आधी विद्या लड़कपन में जड़ी-बूटियाँ कूटते-पीसते आ जाती है। तोला, माशा, रत्ती का ऐसा अंदाज हो जाता है कि औषधि अशुद्ध हो ही नहीं सकती। औषधि का चमत्कार उसके बनाने की विधि में है...धन्वंतरि...'' वैद्यजी आगे कहने जा ही रहे थे कि एक आदमी को दूकान की ओर आते देख चुप हो गए, और बैठे हुए लोगों की ओर कुछ इस तरह देखने-गुनने लगे कि वे गप्प लड़ाने वाले फालतू आदमी न होकर उनके रोगी हों।

आदमी के दुकान पर चढ़ते ही वैद्यजी ने भाँप लिया। कुण्ठित होकर उन्होंने उसे देखा और उदासीन हो गए। लेकिन दुनिया-दिखावा भी कुछ होता है ! हो सकता है कल यही आदमी बीमार पड़ जाए या इसके घर में किसी को रोग घेर ले ! इसलिए अपना व्यवहार और पेशे की गरिमा चौकस रहनी चाहिए। अपने को बटोरते हुए उन्होंने कहा, ''कहो भाई, राजी-खुशी।'' उस आदमी ने जवाब देते हुए सीरे की एक कनस्तरिया सामने कर दी, ''यह ठाकुर साहब ने रखवायी है। मण्डी से लौटते हुए लेते जाएंगे। एक-डेढ़ बजे के करीब।''

''उस वक्त दुकान बंद रहेगी,'' वैद्यजी ने व्यर्थ के काम से ऊबते हुए कहा, ''हकीम-वैद्यों की दूकानें दिन-भर नहीं खुली रहतीं। व्यापारी थोड़े ही हैं, भाई !''
पर फिर किसी अन्य दिन और अवसर की आशा ने जैसे ज़बरदस्ती कहलवाया,

''खैर, उन्हें दिक्कत नहीं होगी, हम नहीं होंगे तो बगलवाली दूकान से उठा लें। मैं रखता जाऊँगा।''

आदमी के जाते ही वैद्यजी बोले, ''शराब बंदी से क्या होता है ? जब से हुई तब से कच्ची शराब की भट्टियाँ घर-घर चालू हो गई। सीरा घी के भाव बिकने लगा, और इन डॉक्टरों को क्या कहिए...इनकी दूकानें हौली बन गई हैं। लैसंस मिलता है दवा की तरह इस्तेमाल करने का, पर खुलेआम जिंजर बिकता है। कहीं कुछ नहीं होता। हम भंग-अफीम की एक पुड़िया चाहें तो तफसील देनी पड़ती है।''

''ज़िम्मेदारी की बात है,'' पण्डितजी ने कहा।

''अब ज़िम्मेदार वैद्य ही रह गए हैं ! सबकी रजिस्टरी हो चुकी, भाई। ऐरे-गैरे-पंचकल्यानी जितने घुस आए थे, उनकी सफाई हो गई। अब जिसके पास रजिस्टरी होगी वही वैद्यक कर सकता है। चूरन वाले वैद्य बन बैठे थे। सब खतम हो गए। लखनऊ में सरकारी जांच-पड़ताल के बाद सही मिली है...''

वैद्यजी की बात में रस न लेते हुए पण्डित उठ गए। वैद्यजी ने भीतर की तरफ कदम बढ़ाए और औषधालय का बोर्ड लिखते हुए चंदर से बोले, ''सफेदा गाढ़ा है बाबू, तारपीन मिला लो।'' वे एक बोतल उठा लाए जिस पर अशोकारिष्ट का लेबल था।

इसी तरह न जाने किन-किन औषधियों की शरीररूपी बोतलों में किस-किस पदार्थ की आत्मा भरी है। सामने की अकेली अलमारी में बड़ी-बड़ी बोतलें रखी हैं; जिन पर तरह-तरह के अरिष्टों और आसवों के नाम चिपके हैं। सिर्फ पहली कतार में ये शीशियाँ खड़ी हैं...उनके पीछे ज़रूरत का और सामान है। सामने की मेज़ पर सफेद शीशियों की एक पंक्ति है, जिसमें कुछ स्वादिष्ट चूरन...लवणभास्कर आदि हैं, बाकी में जो कुछ भरा है उसे केवल वैद्यजी जानते हैं।

तारपीन का तेल मिलाकर चंदर आगे लिखने लगा—'प्रो. कविराज नित्यानन्द तिवारी' ऊपर की पंक्ति 'श्री धन्वन्तरि औषधालय', स्वयं वैद्यजी लिख चुके थे। सफेदे के वे अक्षर ऐसे लग रहे थे जैसे रुई के फाहे चिपका दिए हों। ऊपर जगह खाली देखकर वैद्यजी बोले, ''बाबू, ऊपर जय हिंद लिख देना...और यह जो जगह बच रही है, इसमें एक ओर द्राक्षासव की बोतल, दूसरी ओर खरल की तसवीर ...आर्ट हमारे पास मिडिल तक था, लेकिन यह तो हाथ सधने की बात है।''

चंदर कुछ ऊब रहा था। ख्वामख्वाह पकड़ गया। लिखावट अच्छी होने का यह पुरस्कार उसकी समझ में नहीं आ रहा था। बोला, ''किसी पेंटर से बनवाते

...अच्छा-खासा लिख देता, वो बात नहीं आएगी...'' अपना पसीना पोंछते हुए उसने कूची नीचे रख दी।

''पाँच रुपए माँगता था बाबू...दो लाइनों के पाँच रुपये ! अब अपनी मेहनत के साथ यह साइनबोर्ड दस-बारह आने का पड़ा। ये रंग एक मरीज दे गया। बिजली कम्पनी का पेंटर बदहजमी से परेशान था। दो खुराकें बनाकर दे दीं, पैसे नहीं लिए। सो वह दो-तीन रंग और थोड़ी-सी वार्निश दे गया। दो बक्से रंग गए ...यह बोट बन गया और एकाध कुर्सी रंग जाएगी...तुम बस इतना लिख दो, लाल रंग का शेड हम देते रहेंगे...हाशिया तिरंगा खिलेगा ?'' वैद्यजी ने पूछा और स्वयं स्वीकृति भी दे दी।

चंदर गर्मी से परेशान था। जैसे-जैसे दोपहरी नज़दीक आती जा रही थी, सड़क पर धूल और लू का ज़ोर बढ़ता जा रहा था, मुलाहिजे में चंदर मना नहीं कर पाया। पंखे से अपनी पीठ खुजलाते हुए वैद्यजी ने उज़रत के काम वाले, पटवारियों के बड़े-बड़े रजिस्टर निकालकर फैलाना शुरू किए।

सूरज की तपिश से बचने के लिए दुकान का एक किवाड़ भेड़कर वैद्यजी खाली रजिस्टरों पर खसरा-खतौनियों से नकल करने लगे। चंदर ने अपना पिंड छुड़ाने के लिए पूछा, ''ये सब क्या है वैद्यजी ?''

वैद्यजी का चेहरा उतर गया बोले, ''खाली बैठने से अच्छा है कुछ काम किया जाए, नए लेखपालों को काम-धाम आता नहीं, रोज़ कानूनगो या नायब साहब से झाड़ें पड़ती हैं...झख मार के उन लोगों को यह काम उज़रत पर कराना पड़ता है। अब पुराने घाघ पटवारी कहाँ रहे, जिनके पेट में गँवई कानून बसता था। रोटियाँ छिन गईं बेचारों की; लेकिन सही पूछो तो अब भी सारा काम पुराने पटवारी ही ढो रहे हैं। नए लेखपालों की तनख्वाह का सारा रुपया इसी उज़रत में निकल जाता है। पेट उनका भी है...तियाँ-पाँचा करके किसानों से निकाल लाते हैं। लाएँ न तो खाएँ क्या? दो-तीन लेखपाल अपने हैं, उन्हीं से कभी-कभार हलका-भारी काम मिल जाता है। नकल का काम, रजिस्टर भरने हैं।''

बाहर सड़क वीरान होती जा रही थी। दफ्तर के बाबू लोग जा चुके थे। सामने चुंगी में खस की टाट्टियों पर छिड़काव शुरू हो गया। दूर हरहराते पीपल का शोर लू के साथ आ रहा था। तभी एक आदमी ने किवाड़ से भीतर झाँका। वैद्यजी की बात, जो शायद क्षण दो क्षण बाद दर्द से बोझिल हो जाती, होती गई। उनकी निगाह ने आदमी को पहचाना और वे सतर्क हो गए। फौरन बोले, ''एक बोट आगरा से बनवाया है, जब तक नहीं आता, इसी से काम चलेगा;

फुरसत कहाँ मिलती है, जो इस सबमें सर खपाएं...'' और एकदम व्यस्त होते हुए उन्होंने उस आदमी से प्रश्न किया, ''कहो भाई, क्या बात है ?''

''डाकदरी सरटीफिटेक चाहिए...कोसमा टेशन पर खलासी हैंगे साब।'' रेलवे की नीली वरदी पहने वह खलासी बोला।

उसकी ज़रूरत का पूरा अंदाज़ करते हुए वैद्यजी बोले, ''हाँ, किस तारीख से कब तक का चाहिए।''

''पंद्रह दिन पहले आए थे साब, सात दिन का और चाहिए।''

कुछ हिसाब जोड़कर वैद्यजी बोले, ''देखो भाई, सर्टिफिकेट पक्का करके देंगे, सरकार का रजिस्टर नम्बर देंगे, रुपैया चार लगेंगे।'' वैद्यजी ने जैसे खुद चार रुपए पर उसके भड़क जाने का अहसास करते हुए कहा, ''अगर पिछला न लो तो दो रुपए में काम चल जाएगा...''

खलासी निराश हो गया, लेकिन उसकी निराशा से अधिक गहन हताशा वैद्यजी के पसीने से नम मुख पर व्याप गई। बड़े निरपेक्ष भाव से खलासी बोला, ''सोबरन सिंह ने आपके पास भेजा था।'' उसके कहने से कुछ ऐसा लगा जैसे यह उसका काम न होकर सोबरन सिंह का काम हो। पर वैद्यजी के हाथ नब्ज़ आ गई, बोले, ''वो हम पहले ही समझ रहे थे। बगैर जान-पहचान के हम देते भी नहीं, इज़्ज़त का सवाल है। हमें क्या मालूम, तुम कहाँ रहे, क्या करते हो? अब सोचने की बात है...विश्वास पर जोखिम उठा लेंगे...पन्द्रह दिन पहले से तुम्हारा नाम रजिस्टर में चढ़ाएंगे, रोग लिखेंगे...हर तारीख पर नाम चढ़ाएंगे तब कहीं काम बनेगा ! ऐसे घर की खेती नहीं है...'' कहते-कहते उन्होंने चंदर की ओर मदद के लिए ताका। चंदर ने साथ दिया, ''अब इन्हें क्या पता कि तुम बीमार रहे कि डाका डालते रहे...सरकारी मामला है...''

''पाँच से कम में दुनिया-छोर का डॉक्टर नहीं दे सकता...'' कहते-कहते वैद्यजी ने सामने रखा लेखपाल वाला रजिस्टर खिसकाते हुए जोश से कहा, ''अरे, दम मारने की फुरसत नहीं है। ये देखो, देखते हो नाम...! मरीज़ों को छोड़कर सरकार को दिखाने के लिए यह तफसीलवार रजिस्टर बनाने पड़ते हैं। एक-एक रोगी का नाम, मर्ज, आमदनी...इन्हीं में तुम्हारा नाम चढ़ाना पड़ेगा ! अब बताओ कि मरीजों को देखना ज़्यादा जरूरी है कि दो-चार रुपए के लिए सर्टिफिकेट देकर इस सरकारी पचड़े में फँसना।'' कहते हुए उन्होंने तहसील वाला रजिस्टर एकदम बंद करके सामने से हटा दिया और केवल उपकार कर सकने के लिए तैयार होने-जैसी मुद्रा बनाकर कलम से कान कुरेदने लगे।

रेलवे का खलासी एक मिनट तक बैठा कुछ सोचता रहा और वैद्यजी को सिर झुकाए अपने काम में मशगूल देख दुकान से नीचे उतर गया। एकदम वैद्यजी ने अपनी गलती महसूस की, लगा कि उन्होंने बात गलत जगह तोड़ दी और ऐसी तोड़ी कि टूट गई और कुछ एकाएक समझ में न आया, तो उसे पुकारकर बोले, ''अरे सुनो, ठाकुर सोबरन सिंह से हमारी जैरामजी कह देना...उनके बाल-बच्चे तो राजी-खुशी हैं ?''

''हाँ, सब ठीक-ठाक हैं।'' रुककर खलासी ने कहा।

उसे सुनाते हुए वैद्यजी चंदर से बोले, ''दस गांव-शहर छोड़ के ठाकुर सोबरन सिंह इलाज के लिए यहीं आते हैं। भई, उनके लिए हम भी हमेशा हाजिर रहे...''

चंदर ने बोर्ड पर आखिरी अक्षर समाप्त करते हुए पूछा, ''चला गया ?''

''लौट-फिर के आएगा।'' वैद्यजी ने जैसे अपने को समझाया, पर उसके वापस आने की अनिवार्यता पर विश्वास करते हुए बोले, ''गँवई गाँव के वैद्य और वकील एक ही होते हैं। सोबरन सिंह ने अगर हमारा नाम उसे बताया है तो ज़रूर वापस आएगा...गाँववालों की मुरी ज़रा मुश्किल से खुलती है। कहीं बैठ के सोचे-समझेगा, तब आएगा...''

''और कहीं से ले लिया, तो ?'' चंदर ने कहा तो वैद्यजी ने बात काट दी, ''नहीं, नहीं बाबू।'' कहते हुए उन्होंने बोर्ड की ओर देखा और प्रशंसा से भरकर बोले, ''वाह भाई, चंदर बाबू ! साइनबोट जंच गया...काम चलेगा। ये पांच रुपए पेंटर को देकर मरीजों से वसूल करना पड़ता। इक्का, घोड़ा और ये खर्चा ! बात एक है। चाहे नाक सामने से पकड़ लो, चाहे घुमाकर। सैयद अली के हाथ का लिखा बोट रोगियों को चंगा तो कर नहीं देता ! अपनी-अपनी समझ की बात है।'' कहते हुए वे धीरे से हँस पड़े। पता नहीं, वे अपनी बात समझकर अपने पर हँसे थे या दूसरों पर।

तभी एक आदमी ने प्रवेश किया। सहसा लगा कि खलासी आ गया। पर वह पाण्डु-रोगी था। देखते ही वैद्यजी के मुख पर संतोष चमक आया। वे भीतर गए। एक तावीज़ लाते हुए बोले, ''अब इसका असर देखो। बीस-पच्चीस रोज़ में इसका चमत्कार दिखाई पड़ेगा।'' पाण्डु-रोगी की बांह में तावीज बांधकर और उसके कुछ आने पैसे जेब में डालकर वे गम्भीर होकर बैठ गए।

रोगी चला गया तो बोले, ''यह विद्या भी हमारे पिताजी के पास थी। उनकी लिखी पुस्तकें पढ़ी हैं...बहुत सोचता हूँ, उन्हें फिर से नकल कर लूं...बड़े अनुभव

की बातें हैं। विश्वास की बात है, बाबू ! एक चुटकी धूल से आदमी चंगा हो सकता है। होमोपैथिक और भला क्या है ? एक चुटकी शक्कर। जिस पर विश्वास जम जाए, बस।''

चंदर ने चलते हुए कहा, ''अब तो औषधालय बंद करने का समय हो गया, खाना खाने नहीं जाइएगा?''

''तुम चलो, हम दस-पाँच मिनट बाद आएंगे।'' वैद्यजी ने तहसीलवाला काम अपने आगे सरका लिया। दूकान का दरवाज़ा भटखुला करके बैठ गए। बाहर धूप की ओर देखकर दृष्टि चौंधिया जाती थी।

बगलवाले दूकानदार बच्चनलाल ने दुकान बंद करके, घर जाते हुए वैद्यजी की दूकान खुली देखकर पूछा, ''आप खाना खाने नहीं गए...''

''हाँ, ऐसे ही एक ज़रूरी काम है। अभी थोड़ी देर में चले जाएँगे।'' वैद्यजी ने कहा और ज़मीन पर चटाई बिछायी; कागज, रजिस्टर मेज़ से उठाकर नीचे फैला लिए, लेकिन गर्मी तो गर्मी...पसीना थमता ही न था। रह-रहकर पंखा झलते, फिर नकल करने लगते। कुछ देर मन मारकर काम किया फिर हिम्मत छूट गई। उठकर पुरानी धूल-पड़ी शीशियाँ झाड़ने लगे। उन्हें लाइन से लगाया। लेकिन गर्मी की दोपहर...समय स्थिर लगता था। एक बार उन्होंने किवाड़ों के बीच से मुँह निकालकर सड़क की ओर निहारा। एकाध लोग नज़र आए। उन आते-जाते लोगों की उपस्थिति से बड़ा सहारा मिल गया। भीतर आए, बोर्ड का तार सीधा किया और दुकान के सामने लटका दिया। धन्वंतरि औषधालय का बोर्ड दूकान की गर्दन में तावीज की तरह लटक गया।

कुछ समय और बीता। आखिर उन्होंने हिम्मत की। एक लोटा पानी पिया और जांघों तक धोती सरकाकर मुस्तैदी से काम में जुट गए। बाहर कुछ आहट हुई। चिंता से उन्होंने देखा।

''आज आराम करने नहीं गए वैद्यजी?'' घर जाते हुए जान-पहचान के दुकानदार ने पूछा।

''बस जाने की सोच रहा हूँ...कुछ काम पसर गया था, सोचा, करता चलूं...'' कहकर वैद्यजी दीवार से पीठ टिकाकर बैठ गए। कुरता उतारकर एक ओर रख दिया। इकहरी छत की दुकान आँच-सी तप रही थी। वैद्यजी की आँखें बुरी तरह नींद से बोझिल हो रही थीं। एक झपकी आ गई...कुछ समय ज़रूर बीत गया था। नहीं रहा गया तो रजिस्टरों का तकिया बनाकर उन्होंने पीठ सीधी की। पर नींद...आती और चली जाती, न जाने क्या हो गया था।

सहसा एक आहट ने उन्हें चौंका दिया। आँखें खोलते हुए वे उठकर बैठ गए। बच्चनलाल दोपहर बिताकर वापस आ गया था।

''अरे, आज आप अभी तक गए ही नहीं...'' उसने कहा।

वैद्यजी ज़ोर-ज़ोर से पंखा झलने लगे। बच्चनलाल ने दूकान से उतरते हुए पूछा, ''किसी का इंतज़ार है क्या ?''

''हाँ, एक मरीज़ आने को कह गया था...अभी तक आया...'' वैद्यजी ने बच्चनलाल को जाते देखा तो बात बीच में ही तोड़कर चुप हो गए और अपना पसीना पोंछने लगे।

बयान

इससे ज़्यादा मैं क्या बता सकती हूँ ! एक आदमी-औरत के बीच में जो कुछ होता है, वह होता है। उसके सम्बन्धों की बुनियाद सिर्फ उन्हीं में नहीं होती...

जी, मैं बहक नहीं रही हूँ। सुनना है तो पूरी बात सुनिए। टुकड़े-टुकड़े बातों से मेरा जी बहुत घबराता है। अगर आप सिर्फ मेरी शादी से कुछ पहले की, कुछ बीच की और अंत की बातें ही जानना चाहते हैं, तो मैं मशीन की तरह बताती जाऊँगी, क्योंकि मुझे बतानी पड़ेंगी। खामोश रहकर मैं न आपके कानून से बच सकती हूँ, न लोगों की हिकारत से और न अपनी बच्ची के सवालों से...

सिवा मेरी ज़िन्दगी के—कोई और जवाब मेरे पास नहीं है। जो कुछ है, वह मेरी ज़िन्दगी में ही बिखरा हुआ है। वे लमहे, जिन्हें मैं कभी बिखरने नहीं देती, वे भी अब यादों से छिटक गए हैं, या छिटक रहे हैं। अब मुझे छुपाना क्या है ? किसके लिए और क्यों ?"

जी,...हाँ यह सच है ! शादी से पहले मैं बिशन को चाहती थी। लेकिन इसका इस मामले से क्या लेना-देना है ? झूठ-सच के कुलाबे मत मिलाइए। मैं भगवान का वास्ता देकर कहती हूँ...इसका कोई सम्बन्ध इस हादसे से नहीं है। भगवान के लिए मुझे जलील मत कीजिए...।

मुझे नहीं मालूम, बिशन अब कहाँ है। यह तो बाईस साल पहले की बात है, बल्कि उससे भी एकाध बरस पहले की। नहीं, हमने कोई वादा नहीं किया था। नहीं, नहीं, नहीं, वह मेरी शादी के वक्त मौजूद भी नहीं था। उसने कोई धमकी नहीं दी थी। बिशन इस तरह का लड़का नहीं था। वह बहुत समझदार, गम्भीर और जहीन था।

जी, गलत मतलब क्यों लगाते हैं ? इन शब्दों के इस्तेमाल से आपको लगता है कि मैं आज भी उसे चाहती हूँ। आप जो चाहें कह लीजिए। मैं क्या कह सकती हूँ। लेकिन क्या मुझे यह हक नहीं कि मैं अच्छे को अच्छा और बुरे को बुरा कह सकूँ?

नहीं, मेरा बिशन से बस उतना ही प्यार था, जितना कि बाईस-चौबीस बरस पहले कोई भी लड़की किसी भी लड़के से कर सकती थी। मैं कब इनकार करती हूँ कि वह मुझसे नहीं मिला। लेकिन मेरा एतबार कीजिए...शादी के बाद मुझे यह भी नहीं मालूम कि वह कहाँ गया...सच !

देखिए, फिर गलत बात कही जा रही है। मैं आत्मा की गहराइयों से कहती हूँ कि मेरे पति ने मुझे बेइंतहा प्यार किया। उन्होंने मुझे कभी तंग नहीं किया। मैंने! इसकी गवाही तो सिर्फ वे दे सकते थे, अगर वे होते।

यह सरासर गलत है...आप लोग गलत और बेकार सवालों से सही नतीजे तक कैसे पहुँचेंगे ! इन सब फिजूल की बातों से आप उनकी मौत की वजहें नहीं ढूँढ़ सकते। शादी से पहले का, बादल के टुकड़े की तरह तैरकर गुज़रा हुआ इश्क ...उस प्रेम की काली परछाइयाँ...पति-पत्नी की कलह, छोटे-मोटे झगड़े, घरवालों से तनाव या पड़ोसियों से मनमुटाव—ये सब बड़ी मामूली बातें हैं। आप अभी तक इन्हीं के सहारे सच्चाइयों तक पहुँचने में लगे हैं। इनसे कुछ भी हासिल नहीं होगा।

उनके साथ मेरी आखिरी रात ! अगर कहिए तो कुछ ऐसा बता दूँ ताकि आपका अंधा और बहरा कानून किसी नतीजे तक पहुँच जाए। लेकिन उस आखिरी रात में ऐसा कुछ भी नहीं हुआ था। हमेशा की तरह हमारी वह रात भी बहुत मामूली थी। एक ऐसी रात, जो औसत आदमी की रात हो सकती है।

मैंने! मैंने कोई ताना नहीं दिया था। वे गुस्से में कतई नहीं थे। हम दोनों ही एक दूसरे को समझा लेते थे। पिछले कई बरसों से हमारी रातें यूं ही गुज़रती थीं। हमारे पास और था ही क्या ? सिवा एक-दूसरे के...सिवा परेशानियों के।

बच्ची ! वह हमारे पास एक छोटी खाट पर सोती थी। जी, सिर्फ दो कमरे हैं। एक कमरा बैठक का काम देता है, शाम को वे घूमने गए थे। कभी-कभी देर में भी लौटते थे। पर वे वक्त से लौट आए थे। बच्ची के लिए चार टाफियाँ भी लाए थे। दो उन्होंने उसे दे दी थीं, दो दूसरे दिन के लिए कागज़ के नीचे रख दी थीं।

जी, इससे पहले वे एक सरकारी पत्रिका में थे।

हाँ !

जी हाँ, फोटोग्राफर ही थे। उन्होंने अपना धंधा कभी नहीं बदला। उन्हें भरोसा था कि एक दिन वे बहुत बड़े फोटोग्राफर बनेंगे। उनकी ज़िन्दगी का यही मकसद था।

कभी नहीं...उन्होंने कभी मॉडल फोटोग्राफी नहीं की। अगर वे करते तब भी हमारे बीच कोई बात नहीं आती। उनके लिए दुनिया में सबसे सुंदर औरत, पत्नी, लड़की—जो कुछ भी, मैं ही थी।

आप मुस्करा लीजिए...आपको मैं बहुत मामूली ही लगूंगी, पर आप मुझे मेरे पति की नज़रों से देखने की कोशिश कीजिए...तभी आप मेरी बात को समझ पाएंगे। कैमरा और मैं—बस, उनके लिए यही दो चीज़ें थीं...या फिर हमारी बच्ची। कभी-कभी मैं उनके सीने पर सर रख लेती थी, तो उनकी अँगुलियाँ मेरी कनपटियों पर उसी तरह थरथराती थीं, जैसे किसी ओझल हो जानेवाले लमहे को पकड़ने के लिए कैमरे पर काँपती थीं। मेरी अँगुलियों के पोर वे ऐसे दबाते रहते थे, जैसे शटर दबा रहे हों...हमारे प्यार के सबसे खूबसूरत क्षण यही होते थे।

ठीक कहते हैं आप। निजी बातों से आपका क्या लेना-देना। लेकिन मैं समझ नहीं पाती कि तब फिर आप कारणों को कहाँ से ढूँढ़ेंगे? मेरी ज़िन्दगी की मटमैली रोशनी से ही आपको कारण खोज पाने में सुभीता रहेगा। अगर ये क्षण न होते, तो मेरी ज़िन्दगी में और था ही क्या? बाईस बरसों का एक वीरान सफर! बेकार रह जाना और हर किनारे पर सर पटकते जाना।

खैर, मैं चुप हो जाती हूँ।

पर आप ही तो कहते हैं कि इन बातों को रहने दीजिए। इनके सिवा मेरे पास और कुछ नहीं है। मुझसे बोलने को कहेंगे तो मैं यूँ ही बोलूँगी। आप चाहें तो टुकड़े-टुकड़े सवाल पूछ लीजिए।

जी हाँ, सरकारी पत्रिका में फोटोग्राफर के रूप में सम्बद्ध होने से पहले वे सरकार के ही प्रेस इंफारमेशन ब्यूरो में थे। फोटोग्राफर ही थे। मैंने कहा न, उन्होंने अपना धंधा कभी नहीं बदला। शुरू-शुरू में जब वे मुझे ज़रा-सी आँख दबाकर देखते थे तो मुझे बड़ी गुदगुदी होती थी। यह शादी के बाद शुरू दिनों की बात है। मुझे गुदगुदी इसलिए होती थी कि एक आँख दबाकर देखना...आप तो जानते हैं, मुझे भी अब हँसी आती है। पर यह उनकी आदत बन गई थी। जी हाँ, बड़ी बचकानी लगती है यह हरकत...पर कैमरे की वजह से वे मजबूर थे। बाद में मुझे उनकी इस आदत से कभी-कभी चिढ़ होती थी। पर फिर कुछ दिनों बाद मैंने जाना—जब भी वे एक आँख दबाकर मुझे देखते थे, तो सिर्फ मुझे ही देख रहे होते थे।

मैं माफी चाहती हूँ, क्या करूँ, लौट-लौटकर उन्हीं क्षणों पर पहुँच जाती हूँ। दुःख तो अब उठाना ही है। जो हो सका, दोनों ने मिलकर उठाया...पर अब

तो हम दोनों के वही क्षण शेष हैं, जो भूले-भटके कभी आ जाते थे...हँसी-खुशी के एकाध क्षण।

प्रेस इंफारमेशन ब्यूरो में वे करीब पाँच साल थे।

करीब छह साल सरकारी पत्रिका में।

चार-साढ़े चार साल एक विज्ञापन कम्पनी में।

जी हाँ, उन्होंने हारकर नौकरी छोड़ दी थी। या कहिए कि छुड़वा दी गई थी। उन्होंने कोई गैरवाजिब काम नहीं किया था।

हाँ, वह सब जानकारी तो आपके पास होगी। सरकारी नौकरी की रिपोर्ट भी भारत सरकार से आ गई होगी। ठीक है। उनकी दफ्तरी ज़िन्दगी के बारे में मुझे ज़्यादा मालूम भी नहीं। सिवा इसके कि शादी के बाद शुरू-शुरू के सालों में वे बहुत उत्साहित रहते थे...

जी, तस्वीरों को लेकर !

तस्वीरें और कैसी ? वे सरकारी फोटोग्राफर थे। पन्द्रह अगस्त, शानदार दावतें, आने वाले विदेशी मेहमान, लाल किले में स्वागत समारोह, शाही सवारी, शिलान्यास, उद्घाटन...इन्हीं सबकी तस्वीरें होती थीं।

फिर जिस साल से 26 जनवरी का जश्न शुरू हुआ—तब से ज़रूर कुछ लड़कियों-वड़कियों की तस्वीरें भी लेने लगे थे। लोक-नृत्यों की, झांकियों की, नेवी के बैंड की, राष्ट्रपति की सवारी और सलामी की; तरह-तरह की तस्वीरें होती थीं।

एक बात गौर करने की है ! जब वे सरकारी पत्रिका में खासतौर से जोड़ दिए गए, तो लहलहाती खेती, बाँध, बिजलीघर, फैक्टरियों, मिलों, वन महोत्सवों, नयी रेलवे लाइनों, पुलों के उद्घाटनों, स्कूलों वगैरह की तस्वीरें उतारते थे। वे बहुत खुश होते थे।...कहते थे—'आज़ादी का यही सुख है।' पर कई बरसों बाद उनका यह उत्साह पता नहीं कहाँ खो गया था। उनके दिल में कुछ घुमड़ता रहता था। एक बार बोले थे—इन तस्वीरों से कुछ हासिल नहीं होता। मैं खुद कहीं भीतर से झूठा पड़ता जा रहा हूँ। शायद कुछ दिनों बाद मैं किसी से यह भी नहीं कह पाऊँगा कि तस्वीरें सच्ची होती हैं।

जी हाँ, उस दिन पहली बार मैंने उनकी आँखें बेहद लाल देखी थीं। लगता था, जैसे उनकी आँखों में खून उतर आया हो। मैंने त्रिफला का पानी बनाना शुरू कर दिया था। पर उनकी आँखों की लाली नहीं गई।

उन्हीं दिनों एक घटना हो गई थी। थार के रेगिस्तान को रोकने के सम्बन्ध

में किसी मंत्री जी ने कोई बयान दिया था। शायद यह कहा गया था कि मीलों जंगल रोपकर रेगिस्तान का पूरब की तरफ बढ़ना रोक दिया गया है। ये उस जंगल की जो तस्वीरें लाए, उनमें जंगल कहीं नहीं था। रेगिस्तान ही रेगिस्तान था। पेड़ लगाए ज़रूर गए थे, पर वे सब सूख गए थे। गलती से वे तस्वीरें छप गई थीं। विरोधी दल के किसी सदस्य ने उन तस्वीरों का हवाला देकर मुसीबत खड़ी कर दी थी। यह सब शायद लोकसभा में ही हुआ था। मंत्रीजी का बयान इनकी तस्वीरों से मेल नहीं खाता था। आदमी से गलती हो जाती है। इनसे भी हो गई थी। पर इस गलती पर इन्हें बहुत डांटा-फटकारा गया था। मंत्री जी ने उन्हें हटा देने का आर्डर कर दिया था। उन दिनों ये बहुत परेशान थे। बस, उसके बाद इनका वहाँ रहना मुश्किल हो गया था।

तब मैंने इनकी लाल-लाल आँखों से खून का पहला कतरा गिरते हुए देखा था। रात भर छटपटाते रहे थे। सुबह उठे थे तो इनका तकिया खून की बूंदों से रंगा हुआ था।

जी हाँ, खून! मैंने भी पहले कभी नहीं देखा था, न कभी सुना था, पर यह हुआ था।

हमारे घर की हालत खस्ता हो गई थी।

जी हाँ, इसी के बाद नौकरी से ये अलग हो गए थे, एक तरह से मज़बूरन इन्हें हटना पड़ा था। तब इन्होंने एक विज्ञापन कम्पनी में काम कर लिया था। दो-तीन घंटे के लिए जाते थे। काम क्या, एक बहाना था। बहुत मुश्किल से गृहस्थी चलती थी। तभी बच्ची पैदा हो गई।

बच्ची के आने से हम कुछ दिनों के लिए ताज़ा हो गए थे।

नहीं, शराब इन्होंने कभी नहीं पी।

विज्ञापन कम्पनी में भी नहीं।

मॉडेल-साडेल लेकर कभी घर नहीं आए।

जी हाँ, कभी घर से बाहर नहीं रहे। हर रात घर ही गुज़ारी।

जी नहीं, किस्मत के लिए कभी दोषी नहीं ठहराया।

बहुत अच्छी तरह पेश आते थे।

तस्वीरें! कोई चार-छह हज़ार होंगी। पर सब सरकारी तस्वीरें हैं।

हाँ, वे बहुत तकलीफ के दिन थे।

दो सौ रुपया मिलता था।

जी बिल्कुल! उन्हीं दिनों मुझे नौकरी करनी पड़ी।

स्कूल में।

मैनेजर, कभी-कभी आते थे।

इन्होंने कभी मना तो नहीं किया।

जी हाँ, कभी-कभी ये पहुँचाने जाते थे।

बच्ची इन्हीं के पास रहती थी। ये .ज्यादातर घर पर ही रहते थे।

जी नहीं, विज्ञापन कम्पनी की नौकरी खत्म हो जाने के बाद, जी।

फिर इन्होंने अपना काम शुरू कर दिया था। जी नहीं, इधर-उधर अखबारों को तस्वीरें भेजते थे। घर के बाथरूम में डार्करूम बना लिया था। बच्ची की भी बहुत-सी तस्वीरें ली थीं। घर का खर्चा मेरी नौकरी से निकलता था।

भगवान के लिए मुझे ज़लील मत कीजिए। मैं मैनेजर के घर जाती थी, पर इसका मतलब यह तो नहीं कि...मैं यहाँ भी तो हाज़िर होती हूँ!

आप कहते हैं तो मैं अपने इस जुमले के लिए माफी माँग लेती हूँ। क्या करूँ! दिल छिदता है तो यही सब मुँह से निकलता है। जी! मुझे, जी, माफ...जी ! किया जाए...जी! जुमला...जी! वापस लेती हूँ...

मेरी उम्र, उस वक्त...अब अड़तीस है, उस वक्त बत्तीस रही होगी।

मैनेजर साहब, वे साठ के करीब थे। हाँ, कहा था। एक बार। मैंने इन्हें बता भी दिया था कि मैनेजर तुम्हारा सुबह-शाम स्कूल में आना पसंद नहीं करते। लड़कियों का स्कूल है इसलिए, शायद इन्हें कुछ बुरा लगा हो। हो सकता है।

लेकिन मैं फिर आपसे कहती हूँ—इन वजहों पर मत जाइए। ये वजहें कतई नहीं हैं। किस्से-कहानियों की बातें और होती हैं। यह मेरी ज़िन्दगी की हकीकतें हैं। इस तरह मखौल मत उड़ाइए। मेरे अच्छे दिनों को गंदा मत कीजिए। तकलीफों के दिन सही, पर हम आदी हो गए थे। हमारे लिए वे ही अच्छे दिन थे। मेरा प्रेमी...या मैनेजर...या वह सम्पादक, जो बाद में इनके साथ मेरे घर आने लगा था—वे सब इस काम-धाम की ज़िन्दगी में सभी से टकराते हैं। कहीं वे वकील, दोस्त और अफसर हो सकते हैं, कहीं डॉक्टर, ठेकेदार और इंजीनियर हो सकते हैं...लोग तो ऐसे ही होते हैं। कोई भी तीन या चार या दस हो सकते हैं। पर इससे आप क्या अर्थ निकालना चाहते हैं? ज़िन्दगी और मौत का निपटारा इन मामूली कारणों से कीजिएगा? खामख्वाह के दाग लगाइएगा !

ओह, मैं माफी चाहता हूँ।

सम्पादक ! वह एक ऐसे ही मामूली अखबार का था। अपने कामधाम के सिलसिले में ही इनकी जान-पहचान हुई थी।

जी, गर्मियों की छुट्टियों की तनख्वाह स्कूल से नहीं मिलती थी। छुट्टियों में हमें नौकरी से हटा दिया जाता था। सेशन शुरू होने पर फिर रख लिया जाता था। छुट्टी के उन दो महीनों में हमारी हालत बहुत खराब हो जाती थी। बच्ची भी सामने थी।

यह कहना सरासर गलत है कि उस सम्पादक की वजह से मैंने नौकरी छोड़ी। उस सम्पादक का कोई झगड़ा मैनेजर साहब से नहीं हुआ था। मेरी वजह से बिलकुल नहीं। मैं क्यों वजह बनती उनके झगड़े की। वह सम्पादक ही ऐसा था। उसके अखबार से सब घबराते थे। झगड़े का कारण वह अखबार था।

नहीं, नहीं, नहीं...मेरे निर्दोष पति पर इल्ज़ाम मत लगाइए। मैं जानती हूँ, आखिर में यही इल्ज़ाम घूमकर मुझ पर आएगा। मेरी भरी-पूरी ज़िन्दगी की बखिया उधेड़ेगा। मैं खूब जानती हूँ, आप लोग मुझे कहाँ ढकेल रहे हैं। क्या कानून का काम सिर्फ सबूत इकट्ठे करके किसी को जलील कर देना है ? मैं अपने पति की मौत की ज़िम्मेदार कैसे हो सकती हूँ ?

आप मुझे काँटों में क्यों घसीट रहे हैं ? जी हाँ, उस सम्पादक से मेरे पति की खासी दोस्ती हो गई थी। ठीक है, आप 'खासी' शब्द को नोट कर लेना चाहते हैं, ज़रूर कर लीजिए, पर शब्दों से आप सत्य तक नहीं पहुँचेंगे। सत्य हमेशा कई तरह की बातों पर निर्भर करता है। आदमी के इतिहास, परिस्थितियों, माहौल, किसी खास घटना-क्षण के यथार्थ और सबसे ज़्यादा उसकी अपनी आंतरिक यातनाओं की टीस पर, पति के दुःखों या उसके सुखों का कारण सिर्फ पत्नी नहीं होती। यह धारणा बिल्कुल गलत है। दोनों एक-दूसरे को बेतरह चाहते हुए भी एक-दूसरे से मुक्त भी होते हैं...जुड़े हुए भी अलग होते हैं। पानी की लहरों की तरह।

जी नहीं, मैं दर्शनशास्त्र नहीं पढ़ाती। कुछ शब्द समझ में नहीं आए। इतिहास, परिस्थितियाँ, यातना, मुक्त! इनके अर्थ मैं नहीं कर सकती। आप कृपया हिंदी-अंग्रेज़ी डिक्शनरी में देख लें। हो सकता है लिखे हुए अर्थ मेरे शब्दों की गहराई तक न पहुँच पाएँ। खैर, क्या किया जा सकता है। जी नहीं, मैं भाषण नहीं दूँगी। सिर्फ घटनाएँ बयान करती जाऊँगी।

खासी दोस्ती ! यह दोस्ती, ज़रूरत पर भी टिकी हुई थी। हाँ, वह सम्पादक घर पर खाना खाने भी आता था। मेरे पति ही बुलाते थे। मैं उसके साथ कहीं नहीं जाती थी। उसकी नज़रों में भी कोई खास गंदगी मुझे नहीं लगती थी। जिसे आप शायद गंदगी कहना चाहेंगे, वह सबकी नज़रों में होती है। उसे आम

आदमी-औरत के बीच का मामूली खिंचाव कह सकते हैं...और उस खिंचाव को अगर गंदा, ओछा या बुरा न माना जाए, तो वह बड़ी मामूली-सी चीज़ है। अपने को शीशे में देखते रहने की तरह, हर आदमी हर औरत के आईने में अपने को देखता है। ज़रूरी नहीं कि इसमें उम्र या सम्बन्धों का हाथ हो।

यह खबर आपको गलत दी गई है। छुट्टियाँ खत्म होने के बाद मुझे स्कूल में फिर रख लिया गया था। जी नहीं, मैंने सम्पादक और मैनेजर के झगड़े की वजह से नौकरी नहीं छोड़ी। यह सरासर गलत है।

जी, उसके अखबार में भंडाफोड़ किस्म की रिपोर्ट छपा करती हैं।

सम्पादक ने मैनेजर के कारनामों को लेकर कोई रिपोर्ट न तो लिखी थी, न छापी थी। उसने ब्लैकमेल नहीं किया था। आप इसे मेरा झुकाव कैसे कह सकते हैं? सम्पादक को बचाना या उसकी नीयत को साफ बताना केवल एक सच्चाई है। इसे आप मेरे दिल की कमज़ोरी कैसे कह सकते हैं? यूँ औरत का दिल हर कमज़ोरी के प्रति कमज़ोर होता है।

यह कहना सरासर गलत है कि मेरे पति ने किसी तरह का समझौता कर लिया था। आप उनकी मौत के असली कारणों को इतनी छोटी और बेहूदी बातों से क्यों जोड़ रहे हैं? अगर आप समझ सकें तो मैं कुछ उनके बारे में बयान करूं...

मैंने आपको बताया था कि उनकी आँखें लाल रहने लगी थीं। गलत तस्वीरें छप जाने के बाद उनके साथ जो कुछ हुआ था, उसे वे बर्दाश्त नहीं कर पाए थे। उनका विश्वास अपने काम पर से उठ गया था। आप सोच सकते हैं कि जब आदमी का यकीन अपने काम पर से उठ जाए तो उसकी क्या हालत होती है ! वे तस्वीरें जो उन्हें विश्वास देती थीं, एकाएक उनके विश्वास को तोड़ गई थीं। क्योंकि उन्हें सच्चाई से काट दिया गया था। वे वही कह सकते थे, जो दूसरे चाहते थे। इस नतीजे पर पहुँचने के बाद उनकी आँखों से खून के कतरे पहली बार गिरे थे।

आप चाहते हैं तो आँसू कह लीजिए। लेकिन यह ठीक नहीं है। मैं कतई बढ़ा-चढ़ाकर नहीं कह रही। सचमुच वे खून के कतरे थे। जी हाँ, कभी-कभी कुछ बातें ऐसी भी होती हैं, जो न पहले देखी हुई होती हैं, न सुनी हुई। वे बस अजीब होती हैं।

खैर...उन दिनों मैं काम पर जाने लगी थी। वे घर में बच्ची के साथ वक्त गुज़ारा करते थे। उस दिन इतवार था। उन्होंने बच्ची को पड़ोस में खेलने को

भेज दिया था। नहीं, झगड़े की कोई बात नहीं थी, उल्टे उस दिन वे बहुत प्यार में भरे हुए थे। बहुत दिनों बाद उन्होंने मेरा हाथ अपने हाथ में लेकर अँगुलियों को शटर की तरह दबाया था।

उन्होंने मुझसे ब्रेसरी उतारने को कहा था। मैं थोड़ा सकुचायी थी। दिन का वक्त था। वे कैमरा लिए बैठे थे। फिर उन्होंने मुझे वाइल की झीनी साड़ी पहनने को कहा था। मुझे तरह-तरह से बैठाया और लिटाया था और तस्वीरें ली थीं। उस वक्त उनकी एक आँख पहले की तरह काँप रही थी। मैं समझ गई थी—वे सिर्फ मुझे देख रहे थे। उस वक्त जब वे तन्मय थे...जी, यानी अपने में डूबे हुए थे, तब भी आठ-दस बार उनकी आँखों से खून के कतरे टपके थे। उन्होंने मुझे बुरी तरह थका दिया था। खुद भी बेतरह थक गए थे। उसके बाद वे बिस्तर पर लेट गए थे और छत की तरफ टकटकी लगाकर देखते रहे थे। मैं कपड़े पहनकर उन्हें चाय देने आई थी तो उनकी आँखों में खून डबडबा रहा था। उस वक्त मुझे डर भी लगा था कि कहीं अगर उन्होंने प्यार से देखने के लिए आँख झपकाई तो डबडबाता हुआ खून बह पड़ेगा। चाय मैंने सिरहाने तिपाई पर रख दी थी। वह वहीं रखे-रखे ठंडी हो गई थी।

खाना खाते वक्त वे कह रहे थे कि कुछ कमाई हो जाए, तो एक टेलीलेंस खरीदना चाहते हैं, ताकि बाज़ार के लायक काम कर सकें। उसी के लिए उन्हें कुछ रुपए की ज़रूरत थी। यों घर मेरी तनख्वाह से घिसट भर रहा था। ज़रूरत तो तब भी पड़ती थी। खाना खाते हुए ये कार्श, स्टीगलिट्ज, स्टाइशन, स्ट्रैन्ड, वेस्टन, स्मिथ, अवेदोन, पाल, काशीनाथ, पारीख वगैरह के नाम बराबर ले रहे थे।

नहीं-नहीं, गलत मत समझिए, ये मेरे दोस्तों या चाहनेवालों के नाम नहीं हैं। आप लोग हमेशा गलत रिश्ते जोड़ते हैं...हमेशा आदमी के अस्तित्व पर शक करते हैं...अस्तित्व?...जी, वजूद समझ लीजिए। यह आदमी की अपनी ज़िंदगी के कानून का शब्द है। यह आपको किताबों में नहीं मिलेगा। खैर शाम को ही उन्होंने फिल्म डेवलप करके प्रिंट बना लिए थे। प्रिंट देखते हुए वे बहुत संजीदा थे। मुझे नहीं मालूम, उन्हें क्या हुआ था। मेरी तस्वीरें लेकर वे शीशे के सामने खड़े थे। तस्वीरें देखते थे और अपना मुँह आईने में देखते जाते थे।

बस, उसी वक्त उनकी आँखों से खून की धार रिसने लगी थी। उस शाम से जो खून टपकना शुरू हुआ, फिर नहीं रुका, जब तक वे जीवित रहे, लगातार खून टपकता रहा।

सम्पादक ने मेरी दो तस्वीरें अगले दिन छापी थीं। बस, यहीं से हंगामा शुरू हुआ था। मेरी वे अधनंगी तस्वीरें स्कूल के मैनेजर तक भी पहुँची थीं। उन्होंने फौरन तय किया कि इस तरह की औरत का स्कूल में रहना एक पल के लिए भी मुमकिन नहीं। मुझे उसी वक्त क्लास से बुलाया गया था और खड़े-खड़े हिसाब कर दिया गया था।

अब आप समझ सकते हैं कि स्कूल से निकाले जाने की वजह क्या थी ! सम्पादक और मैनेजर का कोई झगड़ा नहीं था। मुझे लेकर उनमें कोई दुश्मनी नहीं थी। मेरे और सम्पादक के सम्बन्धों को लेकर भी कुछ सोचना या समझना कतई गैरज़रूरी है। उनकी मौत का कारण इन सतही वजहों में मत खोजिए।

जी, खून की धार की वजह मैं क्या बता सकती हूँ ? जो बातें मेरे वश में नहीं हैं, उनके नतीजों को मैं सिर्फ देख सकती हूँ...कर क्या सकती हूँ ! अगर बहुत मामूली तरह से सोचिए, तो वजह मैं हो सकती हूँ, वे खुद हो सकते हैं, वे तस्वीरें भी हो सकती हैं और वह आईना भी हो सकता है, जिसमें बार-बार वे अपनी शक्ल देख रहे थे। नतीज़ों और उनके कारणों तक पहुँचने का यही सबसे आसान तरीका हो सकता है कि सारी ज़िम्मेदारी इन चार चीज़ों पर थोप दी जाए—मैं, वे, तस्वीरें और आईना। इसे सही साबित करने के लिए ज़रूरत पड़े, तो मेरे तथाकथित प्रेमी बिशन, मैनेजर साहब या सम्पादक को ज़रूरत के मुताबिक जोड़ लिया जाए। मैं और क्या कह सकती हूँ ? मुझे दोषी ठहरा दीजिए।

जी, मैं उस वक्त घर में नहीं थी।

बच्ची, बच्ची उन्हें बहुत प्यार करती थी। जी हाँ, बच्ची ने भी उनकी आँखों से लगातार खून की धार गिरती देखी थी। वह बहुत डर गई थी। उसने मुझसे पूछा था—मम्मी, पापा की आँखों से खून क्यों गिरता है ? मैंने उसे प्यार से समझा दिया था—बेटे, तेरे पापा की तबीयत अच्छी नहीं रहती। उन्हें कुछ बीमारी हो गई है।

बच्ची मेरी बात से सन्तुष्ट नहीं हुई थी। उसने उनसे पूछा था। उन्होंने भी यही कहा था—मेरी तबीयत अच्छी नहीं है। उस दिन से बच्ची का डरना छूट गया था। खून की धार गिरती रहती थी और वह उनकी गोद में, या गले में लिपटकर प्यार करती रहती थी। कभी अपने नन्हें-नन्हें हाथों से बह आए खून को पोंछ देती थी।

मैंने बताया न, मैं एक जगह काम खोजने के सिलसिले में ग्यारह बजे से गई हुई थी, बच्ची स्कूल गई थी। वे घर पर अकेले थे।

जी हाँ, नौकरी छूटने के दूसरे दिन की बात है। मुझे इस हादसे का कोई एहसास नहीं था। जब मैं गई थी, तब खून ज़रा ज्यादा ही गिर रहा था। लेकिन यह तो मामूली और रोज़ाना की बात थी।

जी, उन्होंने छत के कड़े से लटककर फांसी लगाई थी। रस्सी, रस्सी कहाँ थी ? चादर थी।

मुझे कोई खबर नहीं मिली। कोई मुझे कहाँ खबर देता ? मैं चार बजे के करीब वापस आई। तब तक सब हो चुका था। पुलिस आ चुकी थी। उनकी लाश को उतारकर पलंग पर लिटा दिया गया था। जी नहीं, जिस चादर से उन्होंने फांसी लगाई थी, वह वहीं लटकी हुई थी। उन्हें दूसरी चादर उढ़ा दी गई थी। पास-पड़ोस के लोग जा चुके थे। सिर्फ एक पड़ोसी परेशान-से घूम रहे थे। जब मैं आई, तब पुलिस का एक आदमी पहरे पर बैठा हुआ था। उसे देखकर भी मैं कुछ नहीं समझ पाई थी। मैंने यह सोचा ही नहीं था कि कभी यह भी हो सकता है।

सबसे पहले किसने बताया ? मेरी बच्ची ने। जी हाँ, वह स्कूल से दो बजे आ जाती है। वह मुझसे पहले आ गई थी। वह बाहर खड़ी थी। हमेशा की तरह। मुझे देखते ही वह दौड़कर आई थी और मेरी टांगों से लिपट गई थी। मैंने उसे प्यार किया था। पर वह कुछ बात करने के लिए उतावली थी। वह एकदम चहककर बोली थी—'मम्मी, मम्मी ! पापा की तबीयत अच्छी हो गई ! वे आराम से लेटे हैं...'

जी, बच्ची ही ने सबसे पहले बताया था। मैं कमरे में पहुँची, तो सब समझ में आ गया था। मैं दीवार से सिर पटक देने के सिवा क्या कर सकती थी!

वे निश्चिन्त लेटे हुए थे। नाखून और ओंठ नीले पड़ गए थे। शरीर पीलिया के रोगी की तरह पीला-पीला था। हाँ, आँखें बंद थीं और बिल्कुल सूखी हुईं। उनमें खून क्या, नमी तक नहीं थी। रेत में पड़ी सीप की तरह...

इसके बाद जो कुछ हुआ....उसकी तफसील आपके पास है ही। आत्महत्या से पहले की जो बातें थीं, वे मैंने सामने रख दी हैं।

फैसला...कुछ तो होगा ही। और वह व्यक्ति के खिलाफ ही हो सकता है। जी, व्यक्ति माने अकेला आदमी, जैसे अकेली मैं...या आप या आप...

मांस का दरिया

जाँच करने वाली डॉक्टरनी ने इतना ही कहा था कि उसे कोई पोशीदा मर्ज़ नहीं है, पर तपेदिक के आसार ज़रूर हैं। उसने एक पर्चा भी लिख दिया था। खाने को गिज़ा बताई थी।

कमेटी पहले ही पेशे पर रोक लगा चुकी थी। सब परेशान थीं। समझ में नहीं आ रहा था कि क्या होगा ? डॉक्टरी जांच में बहुतों का पेशा और पहले ही ठप्प हो चुका था। इब्राहीम ठेकेदार ने जो चुनी थीं, वे सब 'पास' हो गई थीं। उनके नखरे बहुत बढ़ गए थे। वे बड़े गरूर से अपने खानदानों की चर्चा करती थीं।

इब्राहीम ने चुस्त-दुरुस्त लड़कियों को छांट लिया था। धीरे-धीरे वे शहर के अच्छे हिस्सों में जा बसी थीं। इब्राहीम उनकी देखभाल करता था और जिस ठेके से जितनी ले गया था, उनका पैसा महीने-के-महीने चुकता कर जाता था।

एक बार जब जुगनू ज़्यादा परेशान थी, तो उसने भी इब्राहीम से कहा था कि किसी ठौर-ठिकाने पर बैठा दे, पर इब्राहीम ने दो-टूक जवाब दे दिया था, 'शादी तो है नहीं कि किसी की आँख में धूल झोंककर गले मढ़ दूँ ! जो आएगा, वह तो बोटी-बोटी देखेगा !' और वह कतराकर चला गया था।

उस दिन उसके दिल पर पहली चोट लगी थी—क्या वह इस लायक भी नहीं रही ? दूसरी चोट तब लगी थी, जब साथ के बारजे से शहनाज ने हाथ मटकाते हुए गाली दी थी, 'अरे, अल्ला तुझे वह दिन भी दिखाएगा जब ग्राहक तेरी सीढ़ियों पर कदम तक नहीं रखेगा।'

शहनाज की इस बात पर मुहल्ले में बड़ा बावेला मचा था। यह गाली तो बुरी-से-बुरी को नहीं दी जाती...उसके ग्राहक जीते-जागते रहें। खुदा मर्दों को रोजी दे...जांघ में ज़ोर दें !

और उसी दिन पहली बार झिझकता हुआ वह आया था। फत्ते उसे लाया

था। उसके हाथ में बड़ा-सा थैला था। खाकी पैंट और नीली कमीज़ पहने था। दाढ़ी बढ़ी हुई थी। कानों के रोओं और भौंहों पर धूल की हलकी परत थी। कमरे में जाकर जुगनू खाट पर खुद बैठ गई थी, तो वह अचकचाया-सा खड़ा रह गया था। उसकी समझ में नहीं आ रहा था कि थैला कहाँ रख दे। तभी जुगनू ने बड़ी आसानी से थैला लेकर सिरहाने रख दिया था। वह चुपचाप खाट पर बैठ गया था। कुछ क्षणों की खामोशी के बाद जुगनू ने कहा था, 'जूते उतार लो।...' उसने किरमिच के जूते उतारे थे तो बदबू का एक भभका उठा था... कुछ-कुछ वैसा ही जैसा कि बहुतों के कपड़े उतारने पर उठा करता था...खासतौर से उस मनसू किरानी के पास से फूटता था, जो रात के ग्यारह बजे के बाद ही आया करता था और निबट चुकने के बाद कमर में दर्द की वजह से शिला की तरह बैठा रह जाता था। तब जुगनू ही उसे उठाती थी और वह जांघें खुजलाता हुआ चला जाता था। या फिर कंवरजीत होटलवाले की तरह, जो बदबू तो देता ही था और उठने से पहले खाट पर बैठा हुआ 'ओं...ओं' करके डकारें लेता था।

वह भभक उससे बर्दाश्त नहीं हुई तो बोली, 'जूते पहन लो !'

वह जूते पहन कर फिर बैठ गया था। तब उसे बड़ी कोफ्त हुई थी। एक मिनट वह उसे घूरती रही थी, फिर चिढ़कर बोली थी, 'यह घर की बैठक नहीं है...फारिग होके अपना रास्ता नापो !' उसने अपमानित महसूस किया था और अपने को संभालने के बाद अचकचाकर बोला था, 'तुम्हारा नाम क्या है?'

'जुगनू !' वह बोली थी।

'कहाँ की हो ?'

'तुम अपना काम करो...' वह फिर चिढ़ गई थी।

और तब उसने सबकी तरह ही पूछा था, 'तुम्हें यह पेशा पसंद है ?'

'हाँ !...तुम्हें नहीं है ?' कहते हुए वह लेट गई थी। उसने साड़ी जांघों तक खिसका ली थी। वह भी लेट गया था और उसने ब्लाउज के भीतर हाथ डालने की झिझकभरी कोशिश की थी।

'परेशान न करो तो अच्छा है...' वह बोली थी, 'क्यों खोलते हो...?'

उसके लिए कुछ भी कर सकना मुमकिन नहीं रह गया था। जुगनू के चेहरे पर सस्ते पाउडर की परत थी...गर्दन में पाउडर की डोरियां-सी बन गई थीं। होंठों पर खून सूखकर चिपक गया था। कानों के टॉप्स मेंढक की आँखों की तरह उभरे हुए थे। बाल तेल से भीगे थे। तकिया निहायत गंदा था और चादर कुचले हुए चमेली के फूल की तरह मैली थी।

संकरी कोठरी में अजीब-सी बदबू भरी हुई थी। एक कोने में पानी का घड़ा रखा था और तामचीनी का एक डिब्बा। कोने में ही कुछ चिथड़े भी पड़े थे।

वह पड़ा-पड़ा इधर-उधर देखता रहा। जुगनू के सिरहाने ही छोटी-सी अलमारी थी। उसका पत्थर तेल के चिकने चकत्तों से भरा हुआ था। वह टूटा हुआ कंघा, सस्ती नेलपॉलिश की शीशी और जूड़े के कुछ पिन उसमें पड़े थे। अलमारी की दीवार पर पेंसिल से कुछ नाम और पते लिखे हुए थे। सिनेमा के गीतों की कुछ किताबें एक कोने में रखी थीं, उन्हीं के पास मरे हुए साँपों की तरह चुटीले पड़े थे। देखते-देखते उसके मन में गिजगिजाहट भर गई थी। आसरे के लिए उसने जुगनू की जांघ पर हाथ रख लिया था। जाँघ बासी मछली की तरह पुलपुली और खद्दर की तरह खुरदरी थी। जुगनू के खुले हुए आधे तन से मावे की महक आ रही थी। उसने हाथ हटाया तो जांघों के नीचे चादर पर आ गया था। उसे लगा जैसे चादर भीगी हुई हो...

'यही कमाई का वक्त होता है...इतने में तो चार खुश हो गए होते !' जुगनू ने कहा और दोनों बाँहों में कसकर उसे भींच लिया था।

और जब वह उठकर बैठा तो जुगनू ने मजाक-मजाक में उसका थैला खोल लिया था, 'बहुत रुपया भरकर चलते हो !' उसे लगा था कि शायद वह मजाक में एकाध रुपया और हथियाना चाहती है। तब उसने जुगनू को पहली बार गौर से देखा था और चुपचाप चला गया था।

जब भी जुगनू बाज़ार से निकलती, तो सिर पर पल्ला डालकर। वह इतनी छिछोरी भी नहीं थी कि कोई फबती कसता। सब उसे ऐसे देखते थे, जैसे उस पर उनका समान अधिकार हो। वह रास्ता चलते कनखियों से उन लोगों को ज़रूर देख लेती थी, जिन्हें वह अच्छी तरह पहचानती थी और जो उसके मर्दों की तरह उसके पास आते-जाते थे। तभी एक दिन वह दिखाई पड़ा था—वही थैलेवाला आदमी। एक इमारत की पहली मंजिल के बारजे पर कोहनियाँ टेके वह बीड़ी पी रहा था। वही कमीज पहने था। इमारत पर लाल झण्डा लगा हुआ था, जिसकी छाया उसके कंधों पर काँप रही थी।

टूटी हुई चप्पल जुड़वाने के लिए वह वहीं रुक गई थी। वह शायद भीतर चला गया था।

रात को वह आया था। उसकी आँखों में पहचान थी। इस बार वह सकुचा नहीं रहा था। खाट पर बैठे-बैठे जुगनू ने उससे पूछा था, 'तुम क्या काम करते हो ?'

'कुछ नहीं !' वह बोला था, 'मज़दूरों में काम करता हूँ...'

'हमारा भी कुछ काम कर दिया करो...हम भी मजदूर हैं !' जुगनू ने मजाक किया था।

'तुम्हें देर नहीं हो रही है !' उसने कहा था।

'आज तबीयत ठीक नहीं है।' जुगनू अलसाते हुए बोली थी।

'क्या हुआ ?'

'कमर बहुत दुःख रही है। सारे बदन में हड़फूटन है...' जुगनू बोली थी, 'पता नहीं क्या हो गया है...तारा को बुला दूं ?...बहुत शराफत से पेश आएगी... समझदार औरत है...'

उसने मना कर दिया था। कुछेक मिनट बैठकर वह चलने लगा था, तो सिर्फ इतना ही बोला था, 'मैं ऐसे ही चला आया था !' और वह चुपचाप अँधेरी सीढ़ियों में उतर गया था। जुगनू खामोशी से आकर खिड़की पर खड़ी हो गई थी। उसे लगा था कि वह किसी और जीने में चढ़ जाएगा। गली में ज़्यादा आमदरफ्त नहीं थी। थोड़ी-थोड़ी दूर पर आदमियों के तीन चार गोल खड़े हुए थे। उनमें से फूटकर कभी-कभी कोई किसी जीने में चढ़ जाता था। नानबाई की चिमनी में से धुआँ निकल रहा था...वह उसे देखती रही थी। वह कहीं रुका नहीं। धीरे-धीरे गली पार कर सड़क की तरफ मुड़ गया था—उसी सड़क पर, जिस पर वह इमारत थी, जिसमें वह रहता था।

जुगनू को उसका यूं लौट जाना बहुत अच्छा लगा था। हलकी-सी खुशी हुई थी। कोठरी के पलंग पर आकर वह लेट रही थी।

कोठरी में बहुत सीलन थी और घुटी-घुटी-सी बदबू। दरवाज़ा उसने बंद कर लिया था और सिनेमा के गीतों की किताब उठाकर मन-ही-मन पढ़ती रही थी।

तभी किवाड़ों पर दस्तक हुई थी और अम्मा की आवाज़ आई थी, 'जुगनू बेटे ! मुआ बेहोश तो नहीं हो गया !'

'यहाँ कोई नहीं है, अम्मा !'

'तो बारजे पर निकल आ, बेटे...बड़ी अच्छी हवा चल रही है...गली में रौनक भी है...' कहते हुए अम्मा ने दरवाज़ा खोल दिया था, 'तबीयत तो ठीक है !'

'कुछ गड़बड़ है, अम्मा !'

'तो एक गिलास दूध पी ले, बेटा...अभी तो वक्त है, कोई आ ही गया तो...'

और वह उठ आई थी। उसकी गर्दन पर उलटा हाथ रखते हुए अम्मा ने बुखार देखा था और कमर के ऊपर पीठ के माँस की लौटती सलवटें देखकर बोली थी, 'सेहत का ख्याल छोड़ दिया है तूने...कमर पर कितनी मोटी पर्तें गिरने लगी हैं...थोड़ी-सी वर्जिश कर लिया कर...' कहती हुई वह दूसरी कोठरी की ओर चली गई थी। दूसरी कोठरी से कुछ तेज़-तेज़ आवाज़ें आ रही थीं। और अम्मा बड़बड़ाती हुई भीतर चली गई थी, 'यह चुड़ैल बिना लड़े लगाम नहीं डालने देती... किसी दिन इस कोठरी में कतल होगा—!'

यह रोज़ की बात थी... बिलकीस को अम्मा यों ही कोसती थी। खुद बिलकीस का कहना था कि उसके पास से कोई बिना अपनी कमर पकड़े वापस नहीं जा सकता। बिलकीस को इसमें मजा भी आता था। आदमी को छोड़ते ही वह दरवाज़े पर आकर खड़ी हो जाती थी और उसे हारकर जाते हुए देखकर तालियाँ चटकाकर बड़ी ऊँची हँसी में हँसती थी, 'अरी, ओ मरी जुबेदा ! ज़रा देख...रुस्तम जा रिया है ! बड़ा आया था पैलवान का बच्चा ! ये मरदुआ सोएगा औरत के साथ !'

एक दिन एक आदमी बिगड़ गया था, 'क्या बक रही है ?'

'अरे, जा-जा भिश्ती की औलाद...ले, ये चवन्नी ले जा, छटांक-भर मलाई खा लीजो...।'

और वह आदमी बहुत अपमानित-सा सीढ़ियाँ उतर गया था। पूरे कोठे में बिलकीस को लेकर दहशत छाई रहती थी। पता नहीं, कब झगड़ा हो जाए ! और वह हाथ नचा-नचाकर बड़े फख़्र से हमेशा कहा करती थी, 'अपने तो बरम्मचारी की औरत हैं...।'

जुगनू को देखकर बिलकीस हमेशा ताना देती थी, 'तू तो किसी के घर बैठ जा...' पर जुगनू किसी से लड़ी नहीं। वह जानती थी कि बिलकीस बहुत मुँहफट है। अम्मा तक को नहीं धर गांठती। और अम्मा थी कि सबके तन-बदन का ख्याल रखती थी। बदन चुस्त-दुरुस्त रखने के लिए वह हमेशा चीखती ही रहती थी। 'भैंस की तरह फैलती ही जा रही है, साटन का पेटीकोट पहना कर। आलू खाना बन्द कर, कलमुंही !'

पेट पर ढलान आते ही वह जुबेदा के लिए भीतर बक्से में से पेटी निकाल लाई थी, 'दिन में इसे बांधा कर ! चाय पीना कम कर'...और उसने जीन की हर नाप की अँगियाँ लाकर रख दी थीं। उसे बस एक ही फिक्र रहती थी—'मेरा बस चले तो उमर रोक दूं तुम लोगों के लिए...।'

दोपहर में अम्मा बड़े प्यार से कभी किसी के बाल साफ करने बैठ जाती, कभी शाम के लिए साड़ियों पर इस्त्री करती और वसंत के लिए तो वह सबके लिए बसंती जोड़ा रँगती थी। फत्ते के लिए रूमाल रँगना भी न भूलती। ईद-बकरीद, होली-दीवाली बड़े हौसले से मनाती और कभी-कभी कमला की याद करके डबडबाई आँखों से कहती—'उस जैसी लड़की तो हज़ार कोखें नहीं जनम पाएँगी...खुदा ने क्या खूबसूरती बख्शी थी, हाथ लगाते मैली होती थी...उसे तो पैसेवालों का डाह खा गया। ज़हर दे दिया कुत्तों ने...बहुत छटपटाई थी बेचारी। हाय, मैं अस्पताल तक न ले जा पाई...।'

...जुगनू बारजे में आकर बैठ गई थीं। आते-जातों को देख रही थी। भीड़ धीरे-धीरे हलकी हो रही थी। फूल-गजरेवाले उठकर जा रहे थे और उसने देखा था—रोज़ की तरह मन्नन माली ने जाते हुए एक गजरा कलावती की खिड़की में फेंका था और कलावती ने रोज़ की तरह मुस्कराकर गालियाँ दी थीं। बन्ने कलईवाला धुला हुआ तहमद और जालीदार बनियान पहने आया था और सीधे शहनाज के कोठे पर चढ़ गया था।

शंकर पनवाड़ी के सामने चबूतरे पर नीम-पागल चुन्नीलाल ने अपना बोरा बिछा दिया था और तामचीनी के मग्गे में चाय पीते हुए बड़बड़ा रहा था, 'अरे ज़ालिम, उसी दिन हाथ कलम करवा ले जिस दिन गलत सुर निकल जाए ! अरे ज़ालिम...यहीं उतरकर आएगी...इसी बोरे पर सुहागरात होगी...ज़ालिम !'

और तभी एक क्षण के लिए गली के मोड़ पर जुगनू को उसी नीली कमीज वाले का शक हुआ था। शायद वह फिर लौटकर आया है और चुपके से कहीं चढ़ जाएगा। पर वह उसका भ्रम था। वह नहीं था, कोई और आदमी था।

फिर बहुत दिन बाद वह लौटा था और जुगनू की कोठरी में आते ही घर की तरह खाट पर पसर गया था, लेकिन जूते उतारने की फिर भी उसकी हिम्मत नहीं हुई थी।

'तुम अपना नाम तो बता दो ?' जुगनू ने बगल में लेटते हुए पूछा था।

'मदनलाल...क्यों ?'

'ऐसे ही...यहाँ नहीं थे ?'

'जेल में था...गिरफ्तारियाँ हो गई थीं, उसी में चला गया था...'

'क्यों...?'

'हड़ताल चल रही थी न...मालिकों ने बंद करवा दिया था। बड़ी मुश्किल से रिहाई हुई...'

'इस हड़ताल-वड़ताल से कुछ होता भी है ? काहे को की थी ?'

'बगैर नोटिस छँटनी हुई थी...तुम्हारी समझ में नहीं आएगा और भी बहुत-से मसले थे...जूते उतार लूँ ?' मदनलाल ने बहुत सकुचाते हुए कहा था।

'उतार लो।'

और किरमिच के जूतों और पसीने से सने हुए पैरों से जो भभक निकली थी, उससे जुगनू को कोई खास परेशानी नहीं हुई थी...धीरे-धीरे जैसे बू ही उसके चारों ओर समा गई थी...और फिर उसके बदन में भर गई थी।

मदनलाल तो चला गया था, पर उसकी वह गंध रह गई थी। और उन्हीं दिनों सब पेशेवालियों को डॉक्टरी जांच के लिए हाज़िर होना पड़ा था और डॉक्टरनी ने इतना ही कहा था कि कोई पोशीदा मर्ज़ नहीं है, पर तपेदिक के आसार ज़रूर हैं...

देखते-देखते उसकी खाँसी बढ़ गई थी। बुखार रहने लगा था। अम्मा अस्पताल ले जाकर दिखा आई थी, पर रोग थमने में नहीं आ रहा था। धीरे-धीरे यह काम लायक नहीं रह गई थी। एक दिन खून थूका था तो बिलकीस ने आसमान सिर पर उठा लिया था, 'अरे, इसे डलवाओ कहीं बाहर! हमें मरना है ?' तो अम्मा ने उसे डांटा था, पर भीतर से वह भी बदल गई थी। तरह-तरह से उसने जुगनू को समझाया था कि वह अपनी सेहत की खातिर कहीं और चली जाए। ज़रूरत के लिए सौ-पचास रुपए भी ले जाए, पर इस तरह लापरवाही न करे...

पर जुगनू की समझ में नहीं आता था कि वह कहाँ चली जाए। पैसा भी पास नहीं था। और सौ-दो-सौ से कितने दिन कट सकते थे। आखिर हार कर वह तपेदिक-अस्पताल में भरती हो गई थी। धीरे-धीरे अम्मा का दिया और अपने पास का सारा रुपया खत्म हो गया था। चार महीने लगातार उसे सेनेटोरियम में रहना पड़ा था। उसके बाद भी छुट्टी नहीं मिली थी। हाँ, कहीं थोड़ी-बहुत देर के लिए आने-जाने पर रोक नहीं थी। वहाँ से निकलकर वह दो-चार बार अम्मा के पास आई थी तो अम्मा ने कहा था, 'किसी को बताना मत बेटे कि कहाँ थी...मैंने तो यही कहा है कि रामपुर चली गई है अपनी बहन के पास, कुछ दिनों में वापस आ जाएगी...पर मुआँ दरोगा बहुत परेशान करता था...उसे शक है कि यहीं-कहीं बैठने लगी है...'

अम्मा की आँखों में अपनापन पाकर उसे बड़ा सहारा-सा मिला था। और अम्मा उसकी हालत देख-देखकर दुखी होती रही थी। सचमुच जुगनू का बदन झुलस-सा गया था...बाल बहुत झीने हो गए थे और चेहरे की सुर्खी गायब हो गई थी।

जुगनू जब भी शीशे में अपने को देखती, तो घबरा उठती थी। अब क्या होगा ? कैसे बीतेगी यह पहाड़-सी बीमार ज़िन्दगी ! सहारा...कोई और सहारा भी तो नहीं, कोई हुनर भी नहीं...

पेशे पर रोक लग जाने के बावजूद कई नई लड़कियाँ लखनऊ-बनारस से आ गई थीं और उन्होंने बाज़ार बिगाड़ रखा था। सुना था, शहनाज की हालत भी खराब हो गई थी और कलावती भूखों मरने की हालत में पहुँच गई थी।

यह सब सुन-सुनकर जुगनू का दिल घबराने लगा था।

चलने से पहले उसने अम्मा से कुछ रुपए माँगे थे तो वह अपना रोना रोने लगी और तंगहाली का बयान करने लगी थी। उसकी हालत भी खस्ता थी।

और वहाँ से सेनेटोरियम लौटते हुए उसने उन सबकी ओर आसरे से भरी नज़रें डाली थीं, जिन्हें वह जानती थी, जो उफनती जवानी के दिनों में उसके पास आते-जाते रहे थे।

मनसू किरानी को दुकान पर बैठा देखकर जुगनू के मन में नफरत-सी भर आई थी। ...उसका कमर पकड़ बैठ जाना और फिर जांघें खुजलाते हुए कोठरी से जैसे-तैसे जाना...

कँवरजीत होटलवाला मैला पाजामा पहने नोट गिन रहा था—उठने से पहले हमेशा 'ओं...ओं...' की डकारें लेता था और जुगनू का मन मिचलाने लगता था...

जुगनू ने औरों को...भी देखा था...जिनसे थोड़ी-बहुत भी मेल-मुलाकात रही थी।

सेनेटोरियम में और बहुत दिन रुकना नहीं हुआ। आखिर आना तो था ही। पर वह सभी की शुक्रगुजार थी कि उन्होंने मुसीबत और तकलीफ के दिनों में आँखें नहीं लपेटी थीं।

और जो कुछ उसने जिससे लिया था, उसे नुस्खे के पीछे ही नोट कर लिया था। इतने दिनों में काफी कर्जा चढ़ गया था। कँवरजीत होटलवाले ने बड़ा एहसान जताकर सैंतालिस रुपए दिए थे। मनसू ने उतना एहसान तो नहीं जताया था, पर रुपए जल्दी-से-जल्दी लौटा देने की बात ले ली थी।—पचीस रुपए से जैसे उसका कारोबार ठप्प हुआ जा रहा था।

संतराम फिटर ने बीस दिए थे और चलते-चलते बड़ा गंदा मज़ाक किया था, 'सूद में एक रात...ठीक है न...' पर उस गंदे मज़ाक से उसे लगा था कि

आदमी की आँख अभी उस पर टिकती है। बदन गया-बीता नहीं हुआ है, जितना शायद वह समझ रही थी।

तंगी के उन दिनों में उसने एक रोज़ मदनलाल से मिलकर भी तीस रुपए ले लिए थे। उसने बस यही कहा था, 'ये चंदे के रुपए हैं, जल्दी दे दोगी तो ठीक रहेगा, मेरे पास भी इतना नहीं होता कि भर सकूं!' पर उस बात में निहायत बेचारगी थी। बहुत मज़बूरी में उसने कहा था और साथ ही यह भी कहा था कि उसे जुगनू गलत न समझे...उसकी उतनी औकात नहीं और वह बिना कुछ और बोले पार्टी के दफ्तर में चला गया था।

ज़रूरत की वजह से दिल पर पत्थर रखकर जुगनू ने रुपए ले लिए थे, पर तकलीफ भी हुई थी।

और अब, जब से वह सेनेटोरियम से लौटी थी, पुलिसवाले परेशान कर रहे थे। सात महीने का पैसा उन्हें नहीं मिला था। इस कोठे पर उन्होंने सबसे अलग-अलग रकम बाँध रखी थी।

लौटकर आने के बाद से वह भीतर-ही-भीतर बड़ी कमजोरी-सी महसूस करती थी। बदन अब उतना झेल नहीं पाता था। कोई ज़्यादा छेड़ता-छाड़ता तो हलकी खांसी आने लगती थी ...और पाँच-पाँच, सात-सात मिनट के भीतर ही दम फूलने लगता...और लोग थे कि सीने पर ही सारा वजन रख देते थे...।

रह-रहकर अब वैसी ही उलझन होती थी जैसी कि शुरू-शुरू में हुआ करती थी और उसे लगता था कि उसने यह सब जैसे अब पहली बार ही शुरू किया हो।

बालों की एक पुरानी चोटी वह सात रुपए में कलावती से खरीद लाई थी और छातियों पर भी कप्स लगाने लगी थी। हर बार उन्हें निकालने और लगाने में बड़ी उलझन भी होती थी। कलफ-लगी धोतियाँ पहनने से उसे हमेशा चिढ़ रही थी, पर अब कलफ-लगी ही पहनती थी। बदन गुदाज लगता था।

इतना सब करने के बावजूद आमदनी काफी नहीं थी, कोई-कोई रात तो खाली ही चली जाती थी और अपनी कोठरी में अकेले लेटे हुए वह बहुत घबराती थी...यह पहाड़-सी ज़िन्दगी...दिन-दिन टूटता हुआ शरीर...!

नपुंसक लोगों से उसे बेहद परेशानी होती थी। वे हद से ज़्यादा परेशान करते थे ...बोटी-बोटी टटोलते रहते थे और जोश आने के इंतज़ार में बहुत सताते थे। चट-औचट हाथ डालते थे और तरह-तरह की गंदी फरमाइशें करते थे।

इससे अच्छे तो वे थे, जो भरी बन्दूक की तरह आते थे...और अपना काम

करके चलते बनते थे। न बकवास करते, न ज़्यादा सताते थे। पर आमदनी इतनी भी नहीं थी कि गुज़ारा हो जाए। कर्ज़ा उतरने में नहीं आता था।

नुस्खे के पीछे सबके रुपए नोट थे...पर उन्हें चुकाने लायक पैसा कभी हाथ में नहीं आता था।

आखिर और कोई तरीका नहीं रह गया था। जाँघ के जोड़ पर निकला फोड़ा दिखाने के लिए जुगनू जब जर्राह के पास जा रही थी, तो रास्ते में मनसू ने टोक दिया था—'बहुत दिन हो गए...अब तो धंधा भी चल रहा है !'

चलते-चलते वे एक तरफ को आ गए थे। तब बहुत मजबूरी में उसने मनसू से कहा था, 'एक पैसा नहीं बचता, क्या करूं...तुमने तो आना-जाना भी छोड़ दिया है...'

'हमने तो गंगाजली उठा ली है...रंडीबाजी नहीं करेंगे। तुलसी की कंठी पहन ली है, यह देखो !' मनसू बोला तो जुगनू को हलकी-सी हँसी आ गई थी और वह आँखें फाड़े देखता रह गया था।

जांघ के जोड़ पर निकले फोड़े के कारण चलने में जुगनू को काफी तकलीफ हो रही थी। वह टाँगें फैला-फैलाकर चल रही थी...मनसू का मन डोल रहा था। गली के मोड़ पर आकर मनसू ने धीरे-से कहा था, तो फिर...बताया नहीं तुमने... कब तक इंतजाम करोगी ?'

'कुव्वत हो तो वसूल कर ले जाओ !' जुगनू ने अपनी मजबूरी को पीते हुए बनावटी शोखी से कहा था और गली में मुड़ गई थी। अपनी ही बात पर उसे बड़ी शरम आई थी ...फिर लगा था कि ठीक ही तो कहा उसने...ख़ामख़्वाह की इज़्ज़त का क्या मतलब? और फिर किसी का कर्ज़ा लेकर क्यों मरे? जो उतर जाए सो अच्छा ही है।

जर्राह ने बताया था कि अभी फोड़ा पकने में दिन लगेंगे। बाँधने के लिए पुल्टिस दे दी थी। जब वह लौटी तो दोपहर हो रही थी। सब अपने-अपने चबूतरों पर बैठी मिसकौट कर रही थीं। यही वक्त होता है, जब सब जागकर उठ जाती हैं और शाम की तैयारी से पहले मिल-बैठ लेती हैं। गली में से कच्ची उमर के लौंडों का गोल गुज़र रहा था। वे गंदे इशारे कर-करके औरतों को चिढ़ा रहे थे और बापों को दी जाने वाली गालियों का मज़ा ले रहे थे। ये आवारा लौंडे रोज़ गुज़रते थे...और उनका रोज़ का यही शगल था। ढलती उमर की औरतें गंदे इशारे देख-देखकर उनके बापों को गालियाँ देती थीं और जवान औरतें मुस्कराती रहती थीं। कभी-कभी हसन, बनवारी या लंगड़ा मातादीन उन लौंडों को दौड़ा भी देता

था, तब वे गली के मुहाने पर पहुँचकर गालियाँ देते थे और नेकर या घुटना उठाकर अश्लील हरकतें करते थे। लौंडों का यह गोल मस्जिद के पीछेवाली बस्ती से आया करता था...

दोपहर में ही दुःख-सुख की बातें हुआ करती थीं और चुगली-चबाव भी। ज़्यादातर चुगली उनकी हुआ करती थी, जो इस मुहल्ले से उठकर शरीफों की बस्तियों में चली गई थीं...जिन्हें छाँट-छाँटकर इब्राहीम ले गया था।

शाम होते ही गली गरमाने लगती थी। फूल-हारवाले आ जाते थे। पनवाड़ियों की दूकानें सज जातीं और गफूर की दूकान पर आकर एक पुलिसवाला बैठ जाता था...उसके बैठते ही गफूर खुलेआम बोतलें बेचना शुरू कर देता था...।

जुगनू शाम को पुल्टिस हटा देती थी और बड़े बेमन से सिंगार करके बैठ जाती थी। फोड़ा गांठ बनकर रह गया था, दर्द बहुत करता था। फिर भी वह जैसे-तैसे एकाध को खुश कर ही देती थी।

बारजे पर बैठे-बैठे जब वह सोच में डूब जाती और बेसहारा पहाड़-सी ज़िंदगी सामने फैल जाती, तब बहुत घबराती थी। आखिर क्या होगा ? वह तो दाने-दाने को मोहताज हो जाएगी। लंगड़ी घोड़ी की ज़िंदगी वह कैसे जी पाएगी ?...क्या उसे भी मस्जिद की सीढ़ियों पर बुर्का पहनकर बैठना होगा और अल्लाह के नाम पर हाथ फैलाना होगा ? अख्तरी की तरह...बिहब्बों और चम्पा की तरह...जी जब बहुत घबराता तो वह जहर खाने की बात सोचती ...या डूब मरने की।

सैकड़ों मरद आए और गए...पर कोई एक ऐसा नहीं, जिसकी परछाई तले उम्र कट जाए!

ज़रा ज़्यादा जान-पहचान तो उन्हीं से थी, जिनसे रुपए लिए थे। पर आसरा वहाँ भी नहीं था। किसका क्या भरोसा...कौन कहाँ चला जाए ! उम्र के साथ सब लौट जाते हैं। जहाँ बाल-बच्चे बड़े हुए कि उनका आना-जाना बंद। जहाँ उम्र ढली कि आदमी ने दूसरा शौक और शगल खोजा...तब कौन आएगा ? पुरानी पहचानी शक्ले भी नहीं दिखाई देंगी। तब कितना अजीब और अकेला लगेगा !... बीते हुए वक्त में बैठकर जीना कितना तकलीफदेह होगा... !

पिछले दिनों में उसे बस यही एक तस्कीन मिली है कि सभी कर्जा देने वाले अपना पैसा वसूलने के लिए उसके पास आते रहे हैं...उसे उम्मीद थी कि मनसू ज़रूर आएगा, वह अपना पैसा ज़रूर वसूल करेगा...और वह आया था।

मनसू के बदन से वैसा ही भभका उठा था और वह आया भी ग्यारह के बाद ही था और निबट जाने के बाद कमर पकड़कर बैठ गया था। जुगनू भी

पस्त पड़ी हुई थी। फोड़े पर दबाव पड़ने की वजह से वह बिलबिला उठी थी। उसकी हिम्मत नहीं हो रही थी कि मनसू को उठाकर दरवाजे तक पहुँचा आए ताकि वह हमेशा की तरह जांघें खुजलाता हुआ चला जाए।

मनसू की अकड़ी कमर जब कुछ ढीली पड़ी, तो बोला था, 'याद रखना...'

जुगनू ने 'अच्छा' कहा था और मनसू को सहारा देकर उठा दिया था।

रात काफी हो गई थी। वह वहीं पड़ी-पड़ी कोठरी की दीवारों को देखती रही थी। पर उनमें देखने को कुछ भी नहीं था। मटमैली भद्दी दीवारें जिन पर कभी उसने रद्दी रिसालों से काट-काटकर फिल्मी सितारों की तसवीरें चिपकाई थीं। कोने में कील पर एक डोरी में पुरानी चूड़ियों का लच्छा लटक रहा था और दीवार की किनारी के सहारे नेलपॉलिश की खाली शीशी पड़ी थी...

खाट के नीचे गूदड़ था और टीन का बक्सा—बक्से में बारह बरस पहले का एक पर्चा पड़ा हुआ है, जिसके हरुफ भी उड़ गए हैं...अब उस पर्चे का कोई मतलब नहीं रह गया है। मसविदा मुर्दा हो चुका है। अब कौन जाता है वापस ...और कौन बुलाता है वापस...ज़िंदगियों के बीच से वक्त का दरिया किनारे काटता हुआ निकल गया है...कहीं कोई नहीं है...कोई कहीं नहीं है।

सुबह उठी तो बदन टूट रहा था। फोड़े में बहुत दर्द था। जांघ का जोड़ फटा जा रहा था। उसने फिर पुल्टिस बांध ली थी। और शाम को जैसे-तैसे तैयार हो गई थी। कोठरी में जाकर सबका हिसाब जोड़ने लगी थी। अलमारी की दीवार पर उसने निशान लगा रखे थे कि कौन कितनी मर्तबा आया था और कितने रुपए पट गए थे। संतराम फिटर सचमुच बहुत बदतमीजी से पेश आया था। बीस रुपए के बदले में वह चार बार हो गया था और पांचवीं बार जब जाने लगा था, तो जुगनू ने बहुत आहिस्ता से कहा था, 'यूं ही जा रहे हो ?'

'क्यों ?' संतराम की निगाहों में शैतानी थी।

'रुपया तो पिछली बार ही पट गया था !' उसने बहुत झिझकते हुए, पर साफ-साफ कहा था।

'एक बार सूद की ?' संतराम ने बड़े गंदे लहजे में कहा था, 'फोकट का पैसा नहीं आता, समझी ?' और कोठरी से निकलकर सीढ़ियाँ उतर गया था।

जुगनू हताश-सी देखती रह गई थी। और हमजोलियों की तरह वह झगड़ा भी नहीं कर पाती थी। चीख-चिल्ला भी नहीं पाती थी और आदमी को बेइज़्ज़त करके भेजते नहीं बनता था।

कंवरजीत होटलवाले के सबसे ज़्यादा पैसे चढ़े हुए थे। वह सिर्फ तीन बार आया था। कुल पन्द्रह रुपए पटे थे। मनसू के भी बीस उतर गए थे...हलकी राहत मिली थी उसे कि तभी फोड़ा टीस उठा था। वह टाँगें फैला कर वहीं बिस्तर पर लेट गई थी।

दरवाज़े पर आहट हुई तो देखा मदनलाल था। उसे देखते ही एक क्षण को वह भीतर-ही-भीतर झल्ला उठी थी। जैसे एक और सूदखोर पठान सामने आकर खड़ा हो गया हो...अपनी वसूलयाबी के लिए।

मदनलाल इस बीच नहीं आया था। इस वक्त उसका आना जुगनू को खल गया था। फिर भी बेचारगी में उसने उसे भीतर बुला लिया था...मदनलाल खाट पर बैठ गया था। अपना थैला उसने सिरहाने सरका दिया था। जुगनू खामोशी से थैले को टटोलने लगी थी। उसमें कुछ पोस्टर थे और तह किया हुआ एक झंडा। एकाध पुराने-से रजिस्टर भी थे। उसका दिल धड़क उठा था कि कहीं वह नकद पैसे की मांग न कर दे। फोड़ा अलग टीस रहा था।

मदनलाल वही पुराने कपड़े पहने हुए था और वही जूते। पसीने की गंध पूरी कोठरी में भर गई थी।

'बहुत दिनों बाद आना हुआ !' जैसे-तैसे जुगनू ने कहा था।

'जूते उतार लूं !' मदनलाल ने हलकेपन से कहा था।

'उतार लो...'

'दरवाज़ा बंद कर दूं ?'

'आज बहुत तकलीफ है...जाँघ के जोड़ पर फोड़ा निकला हुआ है। सीधी तो लेट भी जाऊँ पर जाँघ मोड़ते जान निकलती है...' जुगनू ने कहा था तो मदनलाल तस्मे खोलते-खोलते ठिठक गया था। मन-ही-मन वह शरमा भी गया था। जुगनू भी बहुत अटपटा महसूस कर रही थी। पर मदनलाल ने उसे उबार लिया था। वह इधर-उधर की बातें करता रहा था, पर हर क्षण जुगनू को डर लगा रहा था कि घूम-फिरकर बात रुपयों पर न आ जाए...

'अच्छा तो चलता हूँ...' मदनलाल थैला लेकर खड़ा हो गया था। उसने बहुत भरी-भरी नजरों से जुगनू को देखा था...जैसे आज लौटते हुए उसे तकलीफ हो रही थी।

और सारी बातों के बावजूद जुगनू अब दुबारा उससे रुकने को कह भी नहीं सकती थी। बहुत संकोच से उसने कहा था, 'वह तुम्हारे रुपए...'

'उनके लिए नहीं...' मदनलाल ने कहा, 'तुम्हारे लिए आया था !'

उसकी बगलों के नीचे भरा हुआ पसीना स्याही के धब्बे की तरह चमक रहा था। बाँहों की उभरी हुई नसें पसीजी हुई थीं। उसने पसीजे हाथ से जुगनू का हाथ पकड़ा था, तो लगा था जैसे हथेली में गुदारी रोटी की हलकी-सी तपिश आ गई हो।

'मैं फिर आऊँगा...' कहकर मदनलाल चला गया था। जुगनू सीधी बारजे पर आ गई थी। मन में कहीं अफसोस भी था कि उसे ऐसे ही लौट जाना पड़ा। मदनलाल को वह देखती रही थी...वह गली में तीन-चार घर पार करके खड़ा हो गया था। उसका गली में रुकना जैसे उससे सहा नहीं जा रहा था। फिर वह ऊपर बारजे पर एक नज़र डालकर पाँचवें कोठे की सीढ़ियाँ चढ़ गया था। पता नहीं, कैसी तिलमिलाहट उसे हुई थी। फोड़ा और ज़ोर से टीस उठा था !...फिर धीरे-धीरे जलन शांत हो गई थी। अगर उसने रोका होता तो वह शायद नहीं जाता...आखिर उसे भी तो...जलन बर्दाश्त होने लगी थी। वह तो सिर्फ उसकी तकलीफ का ख्याल करके लौट गया था—उसके पसीजे हाथ की गरमाहट में किसी तरह का धोखा नहीं था...

तभी कँवरजीत आ गया था। एकाएक लगा था जैसे कोई पराया घर में घुस आया हो। पर अपने को संभालते हुए उसने मुस्कराकर उसने देखा था।

बिलकीस उधर कोने में खड़ी किसी पहलवान से बात कर रही थी। जुगनू चुपचाप कँवरजीत को लेकर कोठरी में चली गई थी। दरवाज़े भेड़ लिए थे। कँवरजीत ने कुंडी चढ़ा दी थी।

'आज बहुत तकलीफ है...फोड़ा पक गया है।' जुगनू ने जैसे आजिजी से उसे समझाया था।

'अभी तक ठीक नहीं हुआ ?' कंवरजीत ने पूछा था।

'हूँ, शायद दो-तीन दिन में फूट जाए !' जुगनू ने जैसे माफी मांगी थी।

'बिलकुल तकलीफ नहीं होने दूँगा...बहुत आसानी से...' कहते हुए कँवरजीत खाट पर लेट गया था।

'आज...' जुगनू ने कहा, तो उसने बहुत नरमी से उसे अपनी बगल में लिटा लिया था और बोला, 'ज़रा-सी भी तकलीफ नहीं होने दूँगा...'

जुगनू बहुत बेबस हो गई थी। समझ में नहीं आ रहा था कि उसे कैसे समझाए, तभी उसने उसकी छातियों पर हाथ रख लिया था। धीरे-से करवट लेकर जुगनू ने लाइट बुझा दी थी और ब्लाउज में हाथ डालकर कप्स निकाले और खाट के नीचे सरका दिए थे।

बहुत बार उसने कराह दबाई और कँवरजीत को रोका। आँखों के सामने

अँधेरा छा-छा जाता था और ज़ोर पड़ते ही जांघ फटने लगती थी । कँवरजीत तीन-चार बार रुका, फिर जैसे उस पर शैतान सवार हो गया था...

'अरे, रुक तो...' वह चीखा था और जुगनू की टांगें दबाकर वह हावी हो गया था ।

'अरी, अम्मा रे...मार डाला...!' वह पूरी आवाज़ से चीखी थी जैसे किसी ने कत्ल कर दिया हो और छटपटाकर बेहोश-सी हो गई थी ।

'साली !' हाँफते हुए कँवरजीत बोला और उसे छोड़कर निढाल-सा बैठगया था ।

कुछेक मिनट बाद जुगनू को होश आया था । दर्द कुछ थमा था तो उसके हाथ-पैर हिले थे । तकिए के नीचे से कपड़ा निकालकर उसने लाइट जलाई थी, तो पूरी जांघ फटे हुए फोड़े के मवाद से भरी हुई थी और कँवरजीत उससे बिलकुल अलग बैठा 'ओं... ओं...' करके डकारें ले रहा था ।

'फूट गया न...' वह खड़ा होता हुआ बोला था, तो उसने जाँघ पर साड़ी खिसका ली थी ।

'ध्यान रखना, चौथी बारी हुई !' कँवरजीत ने कहा और कुंडी खोलकर कोठरी से बाहर निकल गया था ।

साड़ी खिसकाकर वह मवाद पोंछने लगी थी । एकाएक मन बहुत घबरा उठा था । उसने धीरे-से फत्ते को आवाज़ दी थी । फत्ते आया था, तो उसने घड़े से पानी निकलवाया था और कपड़ा भिगोकर मवाद पोंछते हुए बोली, 'देख फत्ते...उधर विमला के घर एक आदमी गया है...चला न गया हो तो ज़रा बुला ला । नीली कमीज पहने है, थैला है उसके पास ।'

'ग्राहक आदमी है ?' फत्ते बोला था ।

'नहीं, आपसी का आदमी है !' जुगनू ने कहा, 'ज़रा-सा पानी और दे दे...'

फत्ते घड़े से पानी निकाल कर लाया, तो फिर सोचते हुए बोली, 'रहने दे...तू अपना काम कर । वह कह गया है, आ जाएगा कभी...' कहते-कहते उसने फोड़े को हल्के-से दाबा, तो कुछ और मवाद निकल पड़ा था; और दर्द से फिर चेहरे पर पसीना छलछला आया था ।

नीली झील

बहुत दूर से ही वह नीली झील दिखाई पड़ने लगती है। सपाट मैदानों के छोर पर, पेड़ों के झुरमुट के पीछे, ऐसा मालूम पड़ता है, जैसे धरती एकदम ढालू होकर छिप गई हो, लेकिन गौर से देखने पर ऊँचे-ऊँचे पेड़ों के बीच से एक बहुत बड़ा शीशा झलकता दिखाई पड़ता है।

यही वह झील है।

और इसी झील पर जल-पक्षियों के शिकार के लिए आए हुए अंग्रेज़-कलक्टर ने कहा था, ''कितनी खूबसूरत है यह झील ! जैसे ज़मीन में हीरा जड़ा हो—झील तक पहुँचने के लिए पक्का रास्ता होना चाहिए।''

यह तीस साल पहले की बात है।

और तब बस्ती से झील तक रास्ता बनाने के लिए आए हुए मज़दूरों की टोली में वह भी आया था और अंग्रेज़ साहब की मेम की आँखों को देखकर उसने कहा था, 'कित्ती खूबसूरत है मेम! उसकी आँखें नीली झील की तरह लगती हैं।'

तगड़े और बदसूरत मजदूरों ने तब आँखें बचाकर गंदे इशारे किए थे। और गहरी और भीगी ज़मीन में कार के पहिए फँसते ही वह सबसे पहले दौड़कर उस ओर धक्का लगाने के लिए जुट गया था, जिधर मेम बैठी थीं...उसका मन होता था कि बहाने से हाथ डालकर फूल-सी मेम को छुए, पर हिम्मत नहीं पड़ती थी। और मज़दूरों को उसकी इस सीनाज़ोरी पर बड़ा गुस्सा आया था और वे भीतर-ही-भीतर चाहते थे कि उसकी मरम्मत हो जाए।

रात को जब पेड़-तले बीनी हुई लकड़ियों के साझे चूल्हे जले और उस वीराने में मज़दूरों के मुँह आग की लौ में शैतानों की तरह चमकने लगे, तो भजनू ने काँख से तमाखू का बटुआ निकालते हुए कहा, ''इस साले को मेट से कहकर निकलवाया जाए ! मेम जान पाती तो चमड़ी उतर जाती !...साला आसक बनता है!''

"बनने दो, तुम्हारा का लेता है ?" भूख से क्लान्त और जल्दी-जल्दी बाटियाँ सेंकते हुए होरी ने बात तोड़ देनी चाही।

"हम सबकी रोज़ी जाएगी," आग कुरेदते हुए एक और ने जोड़ा।

तभी दूसरे पेड़-तले से बड़ी भद्दी और मोटी आवाज़ में एक गीत का बोल उभरा :

'होए मेमिया तोरी अँखियाँ बड़ो जुलुम ढायो-री...'

और पीतल की थाली ठनक उठी थी और महेसा शैतान की तरह नाच रहा था। बाटियाँ पकाते साथियों की हँसी और वाहवाही से शोर मच गया था। भूखे और थके मज़दूरों की आँखों में वह वहशी चमक आ गई और एक क्षण के लिए वे जैसे तन की पीड़ा भूल गए थे। महेसा गा-गाकर कुछ देर तक नाचता रहा...पेड़ों की पत्तियाँ आग की दमक में ताँबे की तरह लग रही थीं। और उनके काले, पपोटेदार तने अजगरों की तरह झिलमिला रहे थे। आसमान सीप की पीठ की तरह धुंधला और काला था और झील की ओर से अजीब तरह के सूने-सूने स्वर आ रहे थे।

इसी समय तीखी आवाज़ में चीखता एक सारस गुज़र गया। उसके बड़े-बड़े पंखों से निःश्वास-सा निकल रहा था। सारस की चीख की प्रतिध्वनि कुछ क्षण तक आती रही और महेसा का स्वाँग रुक गया।

"अबे सीधा होके बैठ, रोटी खा ले !" काले मेट की आवाज़ थी यह। नाराज़ साथियों को मेट का इस तरह अपनेपन से बोलना अच्छा नहीं लगा। भजनू ने धीरे से कहा, "बदमाश ने मेट को खुस कर लिया है ! काना भी ऐबी है न, उसे भी मज़ा आता है !"

गुदारी बाटियों और उड़द की पकी हुई दाल की महक से सबकी भूख चमक आई थी। बड़ी रात तक बतकही के बीच खाना चलता रहा। धीरे-धीरे चूल्हों की आग मंझाकर राख में दुबक गई और पेड़ों का अँधियारा घना हो गया।

सुबह काम शुरू होते ही सैलानियों की एक पार्टी वहाँ आकर रुक गई। कुछ हिंदुस्तानी साहब थे और साथ में कुछ अच्छी-अच्छी औरतें। औरतों के कंधों पर कैमरे लटक रहे थे और साहबों के कंधों से एयरगन और कारतूसों की पेटियां। खाने-पीने का सामान कांडियों में था और वह बोझ उनसे चल नहीं रहा था। औरतों के खूबसूरत चेहरों पर पसीने का पनीलापन था और साड़ियों के छोर कमर में खुँसे हुए थे। धूल से बचाने के लिए साड़ियाँ एक तरफ से कुछ ऊँची कर ली गई थीं। उन्हें देखते ही मज़दूरों ने रुकने का मतलब भाँप लिया था और

वे अपने काम में इतने मशगूल हो गए थे कि जैसे उन लोगों की उपस्थिति का उन्हें एहसास ही न हो। पर महेसा हाथ रोककर, फेंटा कसने के बहाने कनखियों से उन्हें ताक रहा था। वह इसी इंतज़ार में लगता था कि अभी उनमें से कोई औरत सामान उठाने के लिए कहेगी और वह मेट की मर्ज़ी देखकर निश्चय ही उनकी सहायता के लिए तैयार हो जाएगा।

साहब लोग भी किसी मज़दूर से आँख मिलने की ताड़ में थे। बाकी सब आँख बचा रहे थे, पर महेसा आँख मिलाने के लिए उतावला था, पर साहबों से नहीं। जैसे उसने यही तय किया था कि नीली साड़ीवाली औरत अगर कहेगी तो वह फावड़ा छोड़कर सामान उठा लेगा। वह बार-बार उसे ही हैरत से ताक रहा था कि नीली साड़ीवाली औरत ने ही मौका पाकर बड़ी मीठी आवाज़ में कहा, ''कोई मजदूर मिल जाएगा यहाँ?''

महेसा को यह बात नहीं जँची। मज़दूर ही चाहती है तो खोज ले ! उसने ठसक से कहा, ''हम लोग सरकारी गैंग के आदमी हैं !'' कुछ इस तरह जैसे सरकार से रुपया पाकर मज़दूरी करना कुछ ऊँची बात हो।

''अरे, ज़रा-सी मदद के लिए चाहिए...यह सामान झील तक पहुँचाना है।'' उसी नीली साड़ीवाली की मीठी आवाज़ थी।

महेसा का दिल बहक उठा, बड़प्पन और शान से बोला, ''मदद मिल सकती है, ऐसे बोलिए !''

महेसा के तुच्छ-से गर्व को लक्ष्य करके वह धीरे से हँसी। महेसा एक क्षण के लिए अपलक उसके साफ दाँतों को देखता रहा। फिर दौड़कर मेट के पास पहुँचा और सामान उठाने की इज़ाज़त माँगकर चला आया।

आते ही उसने गर्व से उनका सामान उठाया और नीली साड़ीवाली के कंधे में लटके थरमस को माँगने के बहाने बोला, ''यह बोतल भी दे दीजिए।''

मीठी आवाज़ वाली औरत ने कुछ जवाब नहीं दिया। पर वह ऐसे माननेवाला नहीं था। चलते-चलते उसने फिर पूछा, ''आप लोग शिकार के लिए आए हैं ? कहाँ से आए हैं ?''

लेकिन वह नीली साड़ीवाली औरत एक आदमी से मुस्करा-मुस्कराकर बातें कर रही थी। महेसा को यह अच्छा नहीं लग रहा था। एक अजीब तरह की परेशानी उसे हो रही थी। कुछ देर तो उसने बर्दाश्त किया, फिर उसका मन हुआ कि सामान पटककर उसी आदमी से कहे कि उठाइए अपना ताम-झाम! मैं मजूर नहीं हूँ ! पर उनके साथ चल सकना भी उसे कम भला न लग रहा था...उसे

बोलने का फिर मौका मिला, गलत रास्ते पर मुड़ते देख वह लपककर नीली साड़ीवाली के पास पहुँचा और एकदम उनके अज्ञान पर जैसे चीख पड़ा, ''आप लोगों को रास्ता नहीं मालूम, हमारे साथ आइए ! इधर से दलदल पड़ेगा !''

''दलदल ! ओह !'' नीली साड़ीवाली कुछ ज़्यादा चौंक गई थी। उसका यह चौंकना महेसा को बहुत अच्छा लगा। उसे अनिर्वचनीय सुख-सा मिला था... कानपुर में मिल से छुट्टी पाते ही वह चौराहे वाले कोने पर रुककर इसी तरह औरतों को देख-देखकर खुश होता था...।

झुरमुट के पास पहुँचते ही सब लोग रुक गए। सामान वहीं उतरवा लिया गया। सभी औरतें हवा की ठंडक में अपने बालों की लटें ऊपर करती हुई या साड़ियाँ सँभालती हुई बेफिक्री से बैठ गईं।

हल्की-हल्की हवा झील की ओर से आ रही थी और छाया में कुछ सर्दी भी थी। झील के पानी के भीतर बादल तैर रहे थे और नरकुल धीरे-धीरे काँप रहे थे. ..दूर से जिधर पानी उथला था, देवहंसों की और मुर्गाबियों और पतारी के झुंडों के चुगने की और पंख फड़फड़ाने की आवाज़ें आ रही थीं। देवहंस शायद सिवार खा रहे थे और मुर्गाबी घोंघे या केकड़े खोजने में मशगूल थे। पेड़ों पर चिड़ियाँ चहक रही थीं।

सहसा नीली साड़ीवाली ने झील के पानी की ओर इशारा करते हुए हैरत से कहा, ''पानी का साँप! साँप तैर रहा है !''

सभी कौतूहल से देखने लगे। महेसा खिलखिलाकर हँस पड़ा। कैसे समझाए इन साहबों को, वे इतना भी नहीं जानते! वह सिर्फ नीली साड़ीवाली को ही बताना चाहता था। एकदम बोला, ''पनिया साँप नहीं है, एक चिड़िया है वह !''

''चिड़िया ? बकता है !'' नीली साड़ीवाली ने प्यार से कहा।

''न मानें तो देखती रहें !'' फिर इधर-उधर नज़र दौड़ाकर बोला, ''वह उस पानी में उगे ठूँठ को देख रही हैं ?...वह...उस पर जो काली चिड़िया बैठी है, उसी का साथी है यह, सरपपच्छी !''

''वह काली चिड़िया ?'' नीली साड़ीवाली उससे बात कर रही थी और वह तन्मय होकर बता रहा था, ''हाँ-हाँ, वही ! सरपपच्छी तैरने का बहुत शौकीन होता है। बस भाले-सी काली चोंच निकालकर तैरता रहता है।''

''खाता क्या है ?'' उसने उत्सुकता से पूछा।

''मछली !'' उसकी आँखों में चमक आती जा रही थी और बात करने के

लिए उसने बात जोड़ दी, ''अभी जब थक जाएगा तो किसी ठूँठ पर पंख और दुम फैलाकर सुखाएगा।''

''अभी निकलेगा ?'' नीली साड़ीवाली का मुख खुला रह गया।

और उसके सफेद दाँतों को महेसा निहारता रहा—नकवा के सफेद पंखों की तरह धुले हुए और चमकदार! उसका मन जाने को नहीं हो रहा था, पर मेट ने कहा था कि जल्दी लौटना और फिर साथियों के कलेजे पर साँप लोट रहा होगा !

तभी एक साहब को बंदूक सँभालते देख उसका मन उचाट हो गया। यह नीली साड़ीवाली भी अब बंदूक की ओर ज़्यादा ध्यान दे रही थी।

उनके साथ के एक साहब ने उसे कुछ पैसे दिए और अभी एक क्षण पहले का महेसा अपना सारा आकर्षण भूलकर चल पड़ा। उसका मन भारी हो आया था। रह-रहकर उसकी आँखों के सामने वह बंदूक घूम रही थी और कानों में चिड़ियों का शोर समाया हुआ था। हर आवाज़ वह पहचानता था—उन पक्षियों की भी, जो साल-भर इसी झील के किनारे रहते थे और उनकी भी, जो इस ऋतु में, दूर पहाड़ों से उतरकर कुछ दिनों के लिए मेहमानों की तरह आते थे। उनकी हर आवाज़ का अर्थ वह समझता था—वे लड़ रहे हैं, या आनन्द से भरकर गा रहे हैं या साथियों को खतरे का बिगुल सुना रहे हैं। झील के पानी में किलोलें करते हर पक्षी के पंखों की सरसराहट का एहसास है उसे, चाहे वह मुर्गाबी हो, सुरखाब, जंगली बत्तख, चाँहा, बगुला, सारस, नकटा, रेती, सरपपच्छी या सोना पतारी! उनकी सीटियों की मधुर आवाज़ें उसके कानों में बसी हुई हैं...और तभी उसका मन उस बन्दूक की याद से धड़कने लगा !

उधर बन्दूक चली थी और गोली की छूटती हुई आवाज़ बादलों में गूँज गई थी। और उसके बाद पक्षियों का कातर शोर! मन पर चोट-सी लगी थी। उसका मन उदास हो आया था। दूर पर साथी मज़दूर काम में लगे दिखाई पड़ रहे थे। एक क्षण ठिठककर उसने पीछे देखा, दलदल खामोश था और ऊपर से उड़कर भागती हुई चिड़ियों की भयातुर आवाज़ को शालीनता से पीता जा रहा था...मुड़कर वह तेज कदमों से लौट आया और अपने काम में जुट गया।

रात को जब पेड़ों के नीचे साँझे चूल्हे जले, तो महेसा नहीं था। गाँव से प्याज और मसाला लानेवाले चरन सिंह ने बताया, ''वह तो बदमास घी की चुपड़ी रोटी खाएगा आज !''

''कहाँ ? गाँव में है ?'' भजनू ने आश्चर्य से पूछा।

''वहीं पंडिताइन के घर है। चबूतरे पर बैठा मिसकौट कर रहा था लुगाई से...और वह नासमारी मुस्करा-मुस्कराकर बतिया रही थी, पत्तीदार बाल काढ़े और ज़ेवर पहने साथ बैठी थी...मरा साला ?'' कहकर चरन सिंह ने पिच्च से थूका और प्याज़ की गांठ छीलकर खाने लगा।

''उससे कैसे आसनाई हो गई ?'' भजनू ने तसले में आटा सँभालते हुए रहस्यभरी आवाज़ में पूछा।

''तू चाहे तो तू कर ले ! कौन मुश्किल है !...लेकिन उस नरक में कूदे कौन ?...बखत था जब हमारे पीछे लग गई थी...'' आदत के मुताबिक चरन सिंह बात अपने से जोड़ रहा था।

''कुबड़ा न होता तो शायद ब्याह रचा लेती !'' होरी ने जैसे चरन सिंह के कुबड़ेपन पर गहरा वार किया, ''बैठ जा सीधी तरह, हूँ !... तेरे पीछे लग गई थी ! गाँव के ठाकुर ने जान दे दी, पर नज़र नहीं मिलाई उसने!''

''असल में उसे पैसे का गरूर है !'' भजनू ने रोटी गरम तवे पर डालते हुए कहा, ''दस गाँव में ऐसी औरत नहीं मिलेगी ! का रूप है और का काठी है ! राम कसम !''

चरन सिंह ने सिसकारी भरी और भजनू की बात का मतलब साफ हो गया। चूल्हे की आँच में उसका कूबड़ कद्दू की तरह लग रहा था। होरी की आँख के नीचे लटका हुआ बड़ा-सा माँस का लोथड़ा सूजा हुआ था। ''कीड़े ने काट लिया,'' कहते हुए उसने सने हाथ से आँख के नीचे सहलाया और बोलता गया, ''घी-मेवा खाती है, ठसक से रहती है पंडिताइन !''

''चालीस की लगती नहीं,'' भजनू ने रोटी पलटी, ''महेसा की उमर कितनी होगी ?'' उसने दरयाफ्त किया।

''होगा पच्चीस-छब्बीस का !'' चरन सिंह बोला।

''फिर तो...''

कहकर होरी शैतानी से हँस पड़ा।

झील तक वह सड़क तो पूरी नहीं बन पाई, पर महेसा गैंग से बिछुड़ गया। विधवा पंडिताइन ने उससे शादी कर ली थी। लोगों ने तरह-तरह की बातें कहीं...किसी का कहना था, जवान देखकर पंडिताइन ने फाँस लिया और कोई कहता था कि महेसा रुपया-पैसा देखकर ढरक गया... जो भी हो, दोनों तरह से लोगों को यह अच्छा नहीं लगा था, क्योंकि किसी को बुरा देखकर लोग बर्दाश्त नहीं कर पाते

और अच्छा बनते देखना उनसे सहा नहीं जाता। लेकिन महेसा ने किसी की परवाह नहीं की। पंडिताइन फिर से सुहागिन हुई थी और इतने दिनों बाद जब उसकी मांग में सेन्दुर और गोरे माथे पर पत्तीदार बालों के बीच बिंदिया चमचमाई, तो उसका रूप दुगुना हो गया। दुहरे बदन की पंडिताइन जब चाँदी की करधनी कमर में बांधकर चलती और पैरों में झाँझें जब झन्न-झन्न बोलतीं तो लोगों के कलेजे दरक जाते।

राह में साथ चलते महेसा से पारबती पंडिताइन कहती, "तुम्हें तो ज़रा भी सऊर नहीं है ! मरद घरवाली के आगे-आगे चलता है, साथ नहीं !...लोग का कहेंगे ?...आगे चलो !"

और सिर पर साफा बाँधे महेसा कहता, "बड़ी सरम आय गई है ! सहर में मेम लोग इसी माफिक चलती हैं, बल्किन बाँह में हाथ फँसा के !" और बस्ती के बाज़ार से खरीदा, चमकदार केलासन का जम्फर झिलमिलाता देख उसका माथा गर्व से उठ जाता। पारबती किती खूबसूरत है !

और एक दिन देवियों की पूजा के लिए जब पारबती ने महावर लगाया, तो चमचे में घुला लाल रंग उंगली में लेकर उसने पारबती के होंठों पर लगा दिया। पारबती छुटाने लगी तो उसने अपनी कसम दे दी और नुमाइश से लाए शीशे को उसके सामने कर लिया। पारबती ने लजाते हुए अपने लाल होंठों को देखा, पर अपनी खूबसूरती को शोखी से भरकर बोली, "तुम तो मेम से शादी करते ! लाली-पौडर वाली से।" और वह अपने को खुद किसी मेम से कम नहीं लगी थी !

तभी महेसा ने उसकी गुदारी कलाई पकड़ते हुए कहा, "तुम किधर से कम हो !" और हँसती पारबती के उजले दाँतों को देखकर उसका मन खिल गया!... पारबती के दाँत ठीक वैसे ही थे, जैसे उसने कभी देखे थे, हंस के पंखों की तरह धुले हुए !

पारबती के कहने से उसने कलमें बड़ी-बड़ी रखवाई थीं, चोटी में मोटी-सी गाँठ बाँधता था और मूँछें छोटी करवा ली थीं। मेले-तमाशे पर जाने के लिए बैलों की एक गोई और छोटा-सा रब्बा भी खरीद लाया था। बैलों को खूब सजाकर रखता था; उनके गलों में चालीस घुंघरुओं की माला थी और सींगों पर पॉलिश। रब्बे की छत के लिए रंगीन-झालर पारबती ने सी थी और गछियाँ वह दरजी से बनवा लाया था। पहियों के ऊपर रथ की तरह हाथा लगवाया था और सन की नहीं, सूत की रंगीन डोरियों से किनारे बुनवाए थे। सतरंगी रब्बा था महेसा का !

एक दफा दौड़ में दाँव लगा आया था और पारबती के पीछे पड़ गया था, ''तुम साथ नहीं बैठोगी तो दौड़ में नहीं जाऊँगा।'' और उसने बहुत समझाया था, ''हमारा तमाशा दिखाओगे ?...बहुत लड़कपन है तुममें !''

महेसा हँस पड़ा था, ''और तुम बूढ़ी हो गई हो न ! सरम नहीं आती हमारे सामने कहते ?...बतिया बछरी-से दाँत हैं अभी, बात बड़ी-बूढ़ियों की तरह करोगी !''

और मेले की दौड़ के लिए जाते-जाते जब ऊसर से रब्बा गुज़र रहा था, तो पारबती ने चतुराई से उसे मना लिया था और मन में कोई मलाल लाए बिना हमेशा मेला दिखाकर बिना दौड़ में हिस्सा लिए लौट आया था।

बस्ती में हरदम महेसा और पारबती की बात होती, पर दोनों को किसी की चिंता नहीं थी। पारबती रुपए का लेन-देन करती और सबकी चोटी अपने पाँव के नीचे रखती। बस्ती में कौन ऐसा था, जिसे वक्त-बेवक्त चार पैसे की ज़रूरत नहीं पड़ती ! इसलिए वे लोग भी जो पीठ-पीछे पारबती और महेसा को कोसते, सामने आकर चिकनी-चुपड़ी बातें करते।

इसका एहसास दोनों को था, पर दोनों इतने मुक्त थे कि कभी उन्होंने मन नहीं जलाया। महेसा अब निश्चिंत हो गया था। काम-धाम करने की उसे ज़रूरत नहीं रह गई थी। पर अब भी, जब वह सैलानी लोगों को झील की ओर जाते देखता और उनके साथ कोई सुंदर औरत होती, तो वह अपने को रोक न पाता, पीछे-पीछे चला ही जाता और चाहता कि वह औरत उससे बात करे और जब वह औरत उससे बात नहीं करती, तो वह चिड़ियों में मशगूल हो जाता, शांत झील के किनारे-किनारे चक्कर काटता, नरकुलों के बीच साबूदाने की तरह फैले हुए मछलियों के अण्डों को देखता और नीलपक्षी के जोड़ों को निहारता ...बगुले को ध्यानावस्थित खड़ा देखकर वह साँस रोककर ठहर जाता और उसके शिकार करने की प्रतीक्षा करता, देर हो जाती तो घर की याद आते ही लौट पड़ता।

एक बार वह दिन भर नहीं आया, आधी रात को लौटा। पारबती ने नाराज़ होकर पूछा, तो सीधेपन से कह दिया, ''जंगल तक गया था।''

''झील पर घूमके मन नहीं भरता ?'' पारबती ने उलाहना दिया, तो बड़ी सफाई से उसने बता दिया, ''जंगल में तीतर देखने गया था, ससुरे धूल से नहाते हैं !''

''तीतर-वीतर नहीं, तुम कहीं और गए थे। सच-सच बताओ मुझे !'' पारबती

कुछ कड़ी पड़ गई, ''तीतर देखना था बलदू के घर देख लेते, वह तो तीतर लड़ाता है।''

''पिंजरे में बंद तीतर का क्या देखना !'' महेसा ने कहा, ''मुझे कोई पालना तो है नहीं, पता नहीं लोग कैसे चिड़ियों को पालते हैं !''

तभी ऊपर आकाश में कुछ पक्षियों का झुंड उड़ता गुज़र गया। उसकी आँखें आसमान में टँग गईं। एकदम बोला, ''यह वाक का झुंड है...देख पारबती, अब रात-भर ये मछली का शिकार करेंगे।''

पक्षियों के नरम पंखों की रेशमी आवाज़ दूर चली गई थी।

''वो कुछ भी करें, तुम हमारी बात का जवाब दो। सच-सच बताओ, कहाँ गए थे ?''

''ईमान से बता दिया।''

''लेकिन इत्ती रात तक तीतर ही देखते रहे ?'' पारबती के स्वर में शंका थी।

'हाँ-हाँ, पारबती, माना तो करो !...देखो, पैरों में कितने काँटे चुभ गए हैं। लड़ना है तो सवेरे लड़ेंगे।'' कहकर वह आराम से टाँगें फैलाकर लेट गया।

पारबती ने बात बदल दी, 'रुपया बहुत फैल गया है, वसूल नहीं होता, तुम ज़रा लोगों को डाँटो-डपटो।''

''यह हमसे नहीं होगा।''

''अच्छा, सुनो ! मेरा मन है कि कुछ रुपया लगा के यहाँ चबूतरे पर एक मंदिर बनवा दिया जाए...और बन सके तो मुसाफिरों के लिए दो कोठरियाँ भी बन जाएँ। हारे-थके लोगों को आराम मिलेगा और कुछ रुपया धरम के कारज में लग जाएगा।''

''ये धरम-करम तुम्हें कब से सताने लगा ?''

''बहुत दिन की साध है मन में ! मिस्त्री को बुलाके ज़मीन भी दिखाई थी, फिर कुछ हो नहीं पाया...मर जाऊँगी तो नाम का एक मन्दिर तो रहेगा, दस दिलों से असीस निकलेगी !'' पारबती ने बड़ी सच्चाई से बात कही।

''बेबखत ये बात कैसे सूझ गई तुम्हें ?'' महेसा ने पूछा।

''आज दिन-भर यही सब सोचती रही।''

महेसा ने गौर से देखा पारबती को। चांदनी उसके चेहरे पर पड़ रही थी। सचमुच पारबती उसे बहुत बदली-सी लगी। आज उसे लगा कि सचमुच पारबती उससे बहुत बड़ी है...और उसके चेहरे पर नीली लकीरों का जाल बनना शुरू हो

रहा है। बांहों का खिंचाव ढीला पड़ गया है, कूल्हे पर भारीपन आ गया है लेकिन फिर भी उसके पत्तीदार बाल उसे अच्छे लग रहे थे...

''का देख रहे हो ?'' पारबती ने आँचल का खूँट ऊपर सरका लिया।

महेसा चुपचाप देखता रहा, बोला कुछ नहीं। पारबती ने फिर टोका तो महेसा ने यों ही कह दिया, ''मंदिर बनाना ज़रूरी है ?''

पारबती समझ गई कि उसके मन की बात यह नहीं है। महेसा की आँखों में अभी जो सूनापन उसने देखा था, वह कुछ और ही कह रहा था। पारबती ने कुछ उदास स्वर में पूछा, ''हमसे शादी करके पछताते तो नहीं हो ?''

''ऐं ?'' महेसा इस सवाल के लिए तैयार नहीं था।

''आज सोच-सोच के बड़ा दुःख हुआ...अपने सुख की खातिर हमने तुम्हें खराब कर दिया।'' पारबती की आँखों में पनीलापन था, ''पछतावा तो होता होगा, सच-सच बताना !''

''काहे का पछतावा, पारबती ?'' महेसा ने कहा, ''हमने कभी यह सब सोचा ही नहीं, ज़रूरत ही नहीं पड़ी।''

''तुमने कभी कुछ नहीं सोचा ? सादी की बाबत भी नहीं सोचा था ?'' पारबती ने जैसे उसे कुरेदा, ''अभी तुम अपने को आज़ाद समझते हो, बाल-बच्चे होते तो समझते !'' कहते-कहते उसकी आवाज़ भारी हो आई। चाँद पर बादल आ जाने से चाँदनी मटमैली हो गई थी और पारबती का चेहरा धुँधला पड़ गया था। लालटेन चौखट में कुंडी से लटकी थी और उसकी रोशनी में खाट की अरदावन परछाइयों की सलाखें बना रही थी।

महेसा को एकाएक लगा कि शादी के बाद सब घरों में बच्चे होते हैं, उसके घर में अभी तक कुछ नहीं हुआ। उसने गहरी नज़रों से पारबती को देखा। इस समय की बात वह समझ नहीं पा रहा था। आखिर पारबती कहना क्या चाहती है ? घर में चारों ओर सन्नाटा छाया हुआ था। ऐसे सूनेपन में उसने पारबती के साथ कभी अकेलापन नहीं महसूस किया है, पर आज वह इतनी अलग-सी क्यों मालूम हो रही है? हमेशा, रात या दिन अकेलेपन में उसके मन में प्यार ही उमड़ा है, और उसने भी कभी ऐसी उखड़ी बातें नहीं कीं।

''तुम्हें हुआ का है ?'' महेसा ने शायद आज पहली बार इतना सोचकर कुछ पूछा था।

''पता नहीं का हुआ है ! बस्ती का अस्पताल बहुत छोटा है, यहाँ मेरी देखभाल नहीं हो पाएगी।''

“अस्पताल ! लेकिन अस्पताल की का ज़रूरत है ?” महेसा और उलझ रहा था ।

“तुम्हारी नासमझी के लिए का कहूँ ! यहाँ घर पर मेरी देखभाल कौन करेगा ? सगे-संबंधी भी नहीं, जो जरूरत-बखत पर आ जाते ।...सुना है अस्पताल में तकलीफ भी नहीं होती, ऐसी दवा दे देते हैं डाक्टरजी ।”

महेसा हँसा । अब समझ पाया था वह । उत्साह से भरकर बोला, “जिला-अस्पताल में चली चलना । पैसा सब देखभाल करा देगा, भगवान का दिया सब-कुछ है ।”

लेकिन पारबती उसकी खुशी में हिस्सा नहीं बँटा पाई । उसके मन में जैसे डर समाया हुआ था । बोली, “एक बात कहूँ ?...हमें बड़ा डर लगता है, लगता है जान चली जाएगी ।”

“बेकार डरती तो तुम !”

“बेकार नहीं, न जाने मन में कैसी-कैसी बातें व्यापती हैं । बड़े डरावने सपने दिखाई पड़ते हैं । साँस रुकने लगती है ।” पारबती ने बाँहें छाती पर कस ली थीं ।

“तो हमारे साथ लेटा करो,” महेसा ने उपाय बता दिया ।

“कुछ तो सोचा करो !”

“हम कहें कि आजकल तुम कतराई-कतराई काहे रहती हो !...बेकार की बातें मन में मत लाया करो, पारबती ! आ, खाट टीन में कर लें ।”

पारबती ने उठकर खाट पकड़ाते हुए कहा, “अब इतना बाहर मत रहा करो, न जाने कब क्या हो जाए !”

महेसा ने खटिया से खटिया मिला ली और पाटी के पास सरककर हाथ उसकी बाँह पर रख दिया । “अब डर नहीं लगेगा तुम्हें ।”

कुछ देर बाद पारबती तो सो गई, पर महेसा को नींद नहीं आ रही थी । पारबती का पैर एकाएक हिला और सांस तेज हो आई, जैसे वह डर रही हो । महेसा ने उठकर उसके माथे पर हाथ फेरा । बड़ी देर तक बैठा देखता रहा और जब उसे नींद आने लगी, तो लोहे का एक चाकू लाकर उसने पारबती के सिरहाने रखा और लेट गया, जैसे पारबती एक नन्हीं-सी बच्ची हो !

इन दिनों उसका मन बहुत भरा-भरा रहता । पारबती इस लायक नहीं थी कि उसे झील तक ले जाता, खुद भी बैठता और उसे भी दिखाता वहाँ की सुंदरता । इसलिए वह आसपास ही कुछ देर के लिए चला जाता । हाफिजजी बिसाती की दुकान पर अगर बैठ जाता तो पारबती के लिए नाखूनों की लाली, कोई छोटा-सा शीशा या और कोई ऐसी चीज़ खरीद लाता जिसे हाफिजजी नई चाल की बता

देते...एक दफा हाफिजजी ने उसे फोटो-फ्रेम दिखाकर कहा, ''इसमें मियाँ-बीवी की तसवीर लगती है। बड़े घरों के लोग इसे रखते हैं।'' फोटो-फ्रेम तो वह ले आया, पर तसवीर नहीं थी। तीसरे ही दिन उसने पारबती को तैयार कराया, सारे गहने उसे पहनने को मज़बूर किया और खूब तेल लगाकर रामा फोटोग्राफर की दूकान पर जा पहुँचा।

साथ-साथ बैठते हुए उसने पारबती के सिर का पल्ला कानों के पीछे कर दिया और अपनी कमीज़ की जेब में सतरंगा रेशमी रूमाल रख लिया। अपने गले का ताबीज भी खींचकर ऊपर कमीज़ पर निकाल लिया ताकि तसवीर में सब-कुछ दिखाई पड़े। अपने पीछे बाग का परदा लगवाया, जिसमें दो चिड़ियाँ चोंच-से-चोंच मिलाए बैठी थीं। पारबती को भी वह परदा पसंद आया था।

लेकिन तसवीर में और सब तो ठीक आ गया, अफसोस सिर्फ बालों का था।

''ससुरे ने हमें बूढ़ा बना दिया ! काहे पारबती ?''

''तुम्हें ही बड़ा शौक चर्राया था। एक रुपया खराब कर दिया !''

पर महेसा को इस बात का मलाल नहीं था। उसने तसवीर को फ्रेम में लगाकर बरामदे वाली घरोंची पर सजा दिया। ऐसी तसवीर मुश्किल से किसी के घर निकलेगी...मुख्तार साहब के घर ही हो सकती है !

उस दिन भी वह हाफिज़जी की दूकान पर बैठकर लौट रहा था। पारबती के बालों में लगाने के लिए विलायती पिन लाया था। पिन के पत्ते पर बनी मेम को वह ताक रहा था कि पारबती ने पूछा, ''मंदिर के लिए मिस्त्री से बात हुई ?''

''मिस्त्री तो नहीं मिले, पर एक नई बात सुनने में आई है।''

''का ?'' पारबती ने उत्सुकता से जानना चाहा।

''अपनी बस्ती में बिजली लग रही है, चुंगीवाले बड़ी कोशिश में हैं, पर पैसा पास नहीं है चुंगी के।''

''तो बिजली का लगेगी ?''

''सुना, चुंगी अपनी कुछ ज़मीनें बेचने की बात सोच रही है, ऐसी ज़मीनें जो उसके लिए बेकार हैं !'' महेसा ने कहा तो पारबती एकदम बोली, ''चुंगी अगर बेचे तो अपने चबूतरे के पासवाला कूड़ाखाना हम खरीद लें !...चबूतरे पर मंदिर हो जाएगा और उधर मुसाफिरों के लिए छोटी-सी धरमशाला ! तुम ज़रा सच्ची बात का पता लगाओ !''

''बात तो सच्ची है। हाफिजजी का रोज चुंगी में आना-जाना लगा रहता

है, गलत खबर नहीं लाएँगे, वो ही बता रहे थे।'' महेसा ने जैसे उसे इत्मीनान दिलाया, ''मौका लगा तो खरीद लेंगे।''

''का पता कब तक हो ?''

झील की ओर से तभी चिड़ियों का कातर शोर सुनाई पड़ा और उसका मन बहक गया। एकदम बोला, ''शायद शिकारी आए हैं।''

ऊपर आसमान से 'आंग-आंग, करते चक्रवाकों के जोड़े गुज़र रहे थे। महेसा का मन ग्लानि से भर आया। बोला, ''इन्हें मारने से फायदा ! इत्ती सुंदर चिड़िया है, पर मुर्दा खाती है।''

''आजकल नई-नई चिड़ियाँ बहुत दिखाई पड़ती हैं, पहचान में भी नहीं आतीं,'' पारबती ने कहा, ''न जाने कहाँ से इतनी आ जाती हैं !''

''ये चिड़ियाँ मेहमान हैं...कातिक खतम होते आती हैं और फागुन-चैत तक चली जाती हैं।'' महेसा पारबती को बता रहा था, ''हमने चिड़ियों के अंडे भी जमा किए हैं। तुझे नहीं बताया, नहीं तो घर से निकाल देती।''

''अब भी निकाल सकती हूँ।'' पारबती कह ही रही थी कि 'दिखाऊँ' कहता हुआ महेसा उठकर गया और तरह-तरह के सफेद, चितकबरे, हरियाले-से अंडे उठाकर ले आया।

'देख पारबती, यह वाक का अंडा है, यह सारस का और यह सोना-पतारी का!'' महेसा एक-एक अंडा उठाकर दिखाने लगा। वैसे तो पारबती नहीं छूती पर, उसने सोना-पतारी का अंडा हाथ में ले ही लिया। घुमाकर देखते ही वह हाथ से छूटकर गिर पड़ा और टूट गया, तो पारबती के मुँह से चीख निकल गई, ''हाय दइया !''

''टूट गया तो क्या हुआ ?'' महेसा ने सरलता से कह दिया।

पर पारबती के चेहरे पर काले बादल-से छा गए थे, उसका दिल धक् से रह गया था, बहुत धीमे स्वर में बोली, ''असगुन हो गया,'' और आँचल में मुंह छिपाकर रो पड़ी।

और पारबती उस दिन भविष्य के अंधकारमय परिणामों को सोचकर रोई थी— बिलकुल वैसे ही करुणापूर्ण और असहायता से भरी उसकी आवाज़ जच्चा-बच्चा अस्पताल में थी...

महेसा को सब-कुछ याद आता है। यह कैसे होता है कि आदमी हमेशा एक ही तरह से रोता है !...पारबती की वह आवाज़ उसे भूलती नहीं, जब उसने

अस्पताल के पलंग पर पड़े हुए महेसा को अपने पास बुलाया था, ''इतने दिन चढ़ गए हैं, डॉक्टरनी कहती हैं कि चीरा लगाना पड़ेगा !'' पारबती का रोम-रोम जैसे काँप रहा था चीरे का नाम सुनकर। आँखों में आँसू भरकर उसने महेसा की बाँह पकड़ ली थी और बड़े ही दर्द भरे स्वर में कहा था, ''अब मेरा कोई ठिकाना नहीं, पता नहीं ईश्वर को क्या मंजूर है !''

''दिल छोटा क्यों करती हो, पारबती ? तुम जीती-जागती घर पहुँचोगी... मैं मंदिर बनवाऊँगा और मुसाफिरों के लिए धरमसाला !...''

लेकिन पारबती जीती-जागती घर नहीं पहुँची। बच्चा पेट में मर गया था और ऑपरेशन के बाद भी उसकी बिगड़ती हालत को अकेली डॉक्टरनी सम्भाल नहीं पाई थी...सारा शरीर नीला पड़ गया था, पारबती के शरीर में जहर फैल गया था।

और महेसा को पारबती का हलका नीलापन लिए शरीर ठीक वैसा ही लगा था, जैसाकि उस दिन चाँदनी में उसने देखा था। पारबती की साँसें धीमी पड़ती जा रही थीं, वह एकदम निश्चिंत लग रही थी, और उसने महेसा को पास बुलाकर कहा था, ''अब मंदिर ज़रूर बनवा देना, पारबती-मंदिर !''

मंदिर ! सोचकर ही महेसा का कलेजा फट गया था। आखिरी आस थी उसे, चीखकर बोला था, ''ऐसा मत कहो, पारबती ! बच्चा मर गया तो क्या हुआ, तू तो जीती-जागती है !''

''मुझे देख लो, अच्छी तरह देख लो !'' पारबती की आँखों से आँसुओं की धार बह-बहकर कानों के पास से होते हुए नीचे गिर रही थीं...फिर...फिर उससे नहीं देखा गया था, जैसे पारबती के प्राण खिंच रहे थे और फिर पारबती के निचले होंठ सूखकर चटक गए थे...

महेसा की दुनिया वीरान हो गई और वीरानापन देखकर आदमी पगला जाता था।

बस्ती के आदमियों का यही कहना था कि महेसा पगला गया। जो आदमी आदमी का ख्याल नहीं करता, वह पागल नहीं तो और क्या है ? आदमी के दुःख-दर्द को जो नहीं समझता, उसे और क्या कहा जाए ? महेसा, वह मुक्त और निश्चिंत महेसा, एकदम बदल गया था !

उसे सिर्फ पैसे की फिक्र थी। पारबती का फैला हुआ रुपया वह बड़ी कड़ाई से वसूल कर रहा था...घर का अकेलापन उसे काटने दौड़ता...इतना प्यार पाकर अब जैसे उसकी आदत बिगड़ चुकी थी।

लोगों ने कहा, ''महेसा पंडित, दूसरी शादी कर लो। इतना रुपया पैसा किस काम आएगा? आस-औलाद भी तो नहीं !''

महेसा ने जवाब दे दिया, ''पारबती के बराबर कोई मेरा ख्याल करे तो सोचूँ भी...नहीं, तो भी न सोचूँ। गलत बात बोल गया।...बेकार का मखौल मत किया करो ! अब बूढ़ा हो चला।''

यों पारबती से दस बरस छोटा था महेसा, पर पारबती की मौत के बाद वह उससे दस बरस बड़ा लगने लगा। कनपटियों पर तीन ही बरस में सफेदी आ गई। और गर्दन के नीचे की खाल झुर्रियों से भर गई। सचमुच आदमी बूढ़ा नहीं होता, वक्त उसे बूढ़ा बना जाता है।

सूने घर में महेसा आठ-आठ आंसू रोता और उसे पारबती की एक-एक बात याद आती...चीज़ें देखता तो आँखों में आँसू भर आते...वह टीन का बक्सा, जिसमें उसके कपड़े रहते थे...और जिसमें पारबती अपने रुक्के और रुपए भी रखती थी...संदूक के ऊपरवाली कील में किनारी में बँधी चूड़ियों का लच्छा देखकर वह उस दिन रो पड़ा था...एक-एक चूड़ी उसने पहचानी थी...कौन किस मेले में पहनाई थी उसने...और दूसरा जोड़ा पहनने के वक्त उसने कब-कब इन चूड़ियों को उतारा था...भरी आँखों से वह देखता रहा...घर का सूनापन उसे अब काटने दौड़ता...दीवार पर सगनौती की लकीरें बनी देखकर उसे फिर कुछ याद आया... जब एक बार वह दो दिन के लिए कहकर चार दिन बाद लौटा था, शायद तभी पारबती ने गेरू से यह सगनौती उठाई होगी...वह जो-कुछ करती थी उसमें सिर्फ उसी के लिए तो सब-कुछ था, और कौन था उसका ? न पारबती का कोई था और न अब महेसा का कोई रह गया है!...

और जब वह जगन नाई के घर धरना देकर बैठ गया कि आज हिसाब मय मूल ब्याज के चुकता करके उठेगा, तो उसकी औरत ने भीतर से उकराकर कहा, ''पंडित, तुम तो इतने जालिम हो कि किसी की पत नहीं देखते !...पारबती चाची मुँह से चाहे जितना बिगड़ें, पर आदमी की मरजाद और इज़्ज़त का तो ख्याल करती थीं...''

''ये सब हम नहीं जानते ! हम रुपया ले के उठेंगे आज ! पूरा सौ रुपया है मय ब्याज के !'' महेसा ने कड़कती आवाज़ में कहा और चोटी की गाँठ खोल ली।

जगन नाई बहुत गिड़गिड़ाया, ''महाराज, घर की नींव खुदवा लो तो भी इस बखत पच्चीस से एक पाई ज़्यादा नहीं निकलेगा...थोड़ी-सी मोहलत और मिल जाए!''

आखिर चार भले आदमियों ने आकर जब बहुत समझाया तो महेसा किसी तरह राम-राम करके उठा।

कुछ दिनों, बाद महेसा, जो अब महेस पांडे के नाम से पुकारा जाता था, बस्ती से चला गया। सुना, चुनार-मिर्जापुर की तरफ पत्थर की तलाश में गया है। कर्जदारों ने सुख की सांस ली, पर वह पन्द्रह दिन के भीतर-भीतर लौट आया। चौधरी के बाग में बैठकर बता रहा था, ''पारबती-मन्दिर के लिए सामान देखने गया था। मूरत जयपुर से बनवाऊँगा।''

लोगों का कहना था कि सोना चाँदी मिलाकर कुल आठ-दस हज़ार की पूँजी है उसके पास। और जो दबा-दबाया हो सो अलग। बीच में उसने काफी बकाया रुपया वसूल कर लिया था।

धीरे-धीरे रुपए की उसकी तृष्णा मरती-सी लगी। हाफिज़जी की दुकान से गुज़रता तो आवाज़ सुनकर कह देता, ''अब क्या करूंगा बैठ के, हाफिज मियां!...पहनने-ओढ़ने वाली तो चली गई।''

एक दिन हाफिज़जी ने उसे हाथ पकड़कर बैठा लिया। बैठे-बैठे बात चल निकली, ''सुना, मंदिर बनवाने की फिकर में हो !''

''बस यही एक काम करना है, हाफिज़जी! किसी तरह मन्दिर और एक छोटी-सी धरमसाला बन जाए तो मन को शांति मिले। पारबती यही कहती-कहती मरी थी।''

''यह तो धरम का काम है। बनाने खड़े होंगे तो दस आदमी हाथ बटाएँगे। तुम शुरू तो करो।'' हाफिज़जी ने उसकी उदास नज़रें देखकर तसल्ली दी, ''कभी ज़रूरत पड़े तो दस-बीस रुपए हमसे भी ले लेना।''

''रुपया पूरा नहीं है। लोग समझते हैं, मेरे पास खत्ती खुदी है। पर सच हाफिज़जी, कुल चार हज़ार हैं, इतने में तो सीमेंट भी नहीं आएगा।''

ग्राहक आया देख हाफिज़जी भी उधर उलझ गए और महेस पांडे उठकर चल दिए। ऐसे ही एक दिन वह बस्ती की तरफ से घर जा रहे थे कि झीलवाले रास्ते पर कुछ लोग दिखाई पड़े। उसके पैर उधर ही उठ गए। कुछ सैलानी थे, चार मर्द और दो औरतें। औरतें सुंदर तो नहीं थीं, लेकिन फिर भी वह उनके पीछे-पीछे चल दिया। काफी दिनों बाद आया था वह इधर।

नीली झील खामोश थी। किनारों पर गीली आँखों की तरह नमी थी और घास की टहनियाँ हवा के साथ धीरे-धीरे पानी को सहला रही थीं। नरकुल की लम्बी पत्तियाँ पक्षियों की कलंगी की तरह काँप रही थीं और पानी में डूबी सिवार

के सूतों से मछलियों के बच्चे कतरा-कतराकर निकल रहे थे। वह किनारे आकर बैठ गया। पानी के नन्हें-नन्हें बबूले नीचे से ऊपर सतह तक आए, तो लगा किसी मछली ने मोती उगल दिए हों। जलचरों की बारीक आवाज़ें झील के पानी में गूँज रही थीं और ऊपर पेड़ों पर पक्षियों के पंखों की सरसराहट और सीटियों की मद्धम आवाज़ें थीं।

काले सिर और श्वेत वक्ष वाली गंगाकुररी की हलकी-सी सीटी उसके कानों में पड़ी। आँखें उधर अटक गईं। झील के ऊपर वह चक्कर काट रही थी, कुछ इस तरह जैसे उसे चक्कर में उड़ानेवाला अदृश्य डोरा किसी के हाथों में हो और वह बस घूमती ही जा रही हो। वह जानता है कि गंगाकुररी पेड़ पर नहीं बैठेगी। तभी वह तीर की तरह पानी के ऊपर गिरी और एक चमकदार मछली उसकी लम्बी चोंच में थी।

तभी संगीत की आवाज़ उसके कानों में पड़ी। आए हुए सैलानी लोग कुछ गा-बजा रहे थे। नीली झील के शांत पानी पर उनके स्वर तैरते हुए दूर तक जा रहे थे। उसे बड़ी शांति मिली।

फिर सवनहंसों का एक झुंड अपने राग का स्वर मिलाता हुआ झील के दूसरे किनारे पर उतर पड़ा और दो-चार हंस गेहूँ और चने के खेत में घुसकर अँकुर खाने लगे। गर्दन उठा-उठाकर वे ऐसे देख रहे थे, जैसे अजनबी हों, और सचमुच वे अजनबी ही हैं। महेसा पांडे का मन न जाने क्यों भर आया ! ये सवनहंस अब आए हैं, चार-पाँच महीने रहकर पारबती की तरह चले जाएँगे, या फिर किसी शिकारी का शिकार हो जाएँगे, और इनके परों को पकड़कर शिकारी ऐसे लटका ले जाएगा जैसे मुर्दा पारबती को अस्पताल के भंगी पलंग से उठाकर उस सूने बरामदे में ले आए थे।...तभी करकरा बोला, सफेद कलंगी की शान में वह गर्दन लपकाता हुआ चला जा रहा था। शायद आरामदेह रेतीली ज़मीन खोज रहा है करकरा।...फिर एक भयंकर धड़ाके की आवाज़ से वह चौंक उठा। बाईं ओर फैले दलदल से सारमनी की तुरही-सी तेज़ चीख आई और गूँजती रही। वह बार-बार चीख रही थी और सारस अकुलाया-सा कुछ ऊपर चक्कर काट रहा था। कभी वह दलदल में उतरकर चीखता, कभी लम्बे-लम्बे डग भरकर इधर-उधर लपकता और वैसी ही तेज आवाज़ में चीखने लगता। गिरी हुई सारसनी की आवाज़ फट गई थी और उसकी गर्दन कुचले हुए सांप की तरह तड़फड़ा रही थी।

सवनहंसों का झुण्ड तट से भागकर खेतों में चला गया...अभी-अभी कुछ क्षण पहले का स्वप्निल वातावरण एकदम भयानक हो उठा था। झील का पानी सीमा

में बद्ध जैसे थर्रा रहा था और भीगे किनारों पर निर्जीव स्वर टकरा रहे थे। पेड़ों में अभी-अभी सनसनाहट भर गई थी। दलदल में घायल पड़े सारस को उठाकर लाने की हिम्मत नहीं पड़ रही थी किसी की।

महेस पांडे ने पास आकर उन सैलानियों को देखा। उसे उम्मीद थी पारबती की तरह ऐसे क्षण में इन औरतों की आँखों में पानी डबडबा आया होगा, पर उनमें तो शिकारी के निशाने की प्रशंसा भरी थी।

वह घर लौट आया। रात-भर उस अकेले घर में उसे बार-बार वही तेज आवाज़ ही सुनाई पड़ती रही। फिर जाने कहाँ से अस्पताल में चीखती पारबती की आवाज़ें आने लगी...सुबह होते ही उससे नहीं रुका गया। वह सीधा झील पर पहुँचा। झील के ऊपर का धुआँ धीरे-धीरे साफ हो गया था। कांद का जोड़ा किनारे पर बैठा काई खा रहा था। झील के शांत सौंदर्य ने उसे इस क्षण बिलकुल प्रभावित नहीं किया। उसके पैर दलदल की ओर बढ़ रहे थे। सारस उसे दिखाई दिया, वह मृत पड़ी सारसनी के पंखों में चोंच गड़ा-गड़ाकर उसे जगा रहा था, शायद, और जब सारसनी नहीं जगी, तो वह विलाप करता झील की ओर चला आया।

वहीं पेड़ के नीचे बैठकर वह देखता रहा—मानसरोवर और कैलाश से आए देवहंसों को, जो गंधर्वों के देश से आए थे प्रवास के लिए...कोमल और पवित्र पक्षी!...हल्की किरणों में सोनापतारी के स्वर्ण-पंख चमचमा उठे। उसका मन उदासी से भर गया। इन परदेसी पक्षियों से क्या नाता जोड़ना ! बैठे-बैठे जब वह ऊब जाता, तो बस्ती की ओर चला जाता।

बस्ती में नाप-जोख होने लगी तो लोगों को विश्वास हुआ कि अब बिजली लग जाएगी। महेस पांडे ने भी हाँ में हाँ मिलाई, ''सुना, उत्तर की तरफ बहुत बिजली पैदा की जा रही है, वहीं से यहाँ आ रही है।''

तभी मुनादीवाला ऐलान करता सुनाई पड़ा, ''बहुकुम चियरमन साहब के चुंगी की कुछ ज़मीनों का नीलाम बतारीख चार जनवरी सोमवार को चुंगी-अहाते में सबेरे आठ बजे से होगा...ज़मीनों के नकसे दफतर चुंगी में खरीदारों के लिए लगे हैं !...हर खास व आम को खबर दी जाती है कि—'' और मुनादीवाले ने तबले पर बाँस की खपच्चियों से चोट की और आगे बढ़ गया।

चार जनवरी के लिए अभी बीस दिन थे। महेस पांडे के दिमाग में चबूतरे के पासवाली ज़मीन घूमने लगी। चुंगी को बिजली के लिए रुपए की ज़रूरत है और उसे उस ज़मीन की, धरमशाला के लिए।

मंदिर और धरमशाला की बात को लेकर वह सभी के पास पहुँचा, ''धरम का काम है। कुछ मदद आप लोग भी करें। धरमसाला पंचायती कर दी जाएगी। आप लोग मदद करें तो यह कारज हो सकता है।''

मारवाड़ी मिलवालों ने एकमुश्त पचास रुपया दे दिया, लेकिन उसका खाता डाकखाने में खुलवा दिया। महेस पांडे ने तीन हज़ार रुपया भी उसी खाते में जमा कर दिया। इन बीस दिनों के बीच वह घर-घर घूमा। मुख्तारों के पास गया, हलवाइयों और वैद्यों के पास गया, कपड़े के आढ़तियों से लेकर अंग्रेज़ी डॉक्टरों तक पहुँचा और कुल मिलाकर एक हज़ार रुपया और जमा हो गया।

सबकी आँखों में महेस पांडे का रुतबा और सम्मान एकाएक बढ़ गया था। अब सिर पर वह गेरुआ साफा बाँधने लगा था और हाथ में लाठी लेकर चलता था। शरीर कुछ शिथिल हो रहा था।

लेकिन इस ढलते शरीर के साथ भी वह दिन-भर घूमता। अपने साफे में किसी चिड़िया का गिरा हुआ सुंदर-सा पर कलगी की तरह खोंस लेता। चुंगी-दफ्तर में जाकर वह नक्शे भी देख आया था। नीलाम का दिन पास आ रहा था, और जैसे-जैसे वह दिन निकट आता जाता, महेश पांडे की उदासी और बढ़ती जाती।

झील पर शिकार खेलने के लिए आदमियों की बहुत-सी टोलियाँ इस बीच आईं और गईं, और अपने घर पर बैठे या बस्ती में घूमते हुए उसने जब-जब चीत्कार सुने और साहब शिकारियों को नरम पर वाली चिड़ियों को लटकाए ले जाते देखा, तब-तब उसे पारबती की याद आई...बेतरह। उसकी हालत भी तो सारस के जोड़े की तरह ही थी...

घर में लेटता तो उड़ते पक्षियों के नरम, कोमल परों की सरसराहट उसे महसूस होती, जैसे पारबती केलासन की धोती पहने अदृश्य रूप से गुजर गई हो।...पर्वतों से आए मेहमान पक्षियों के सफेद और सेमल की रुई-से सजीले पंख और पारबती के सफेद दाँत !

सुबह उठा तो मन नहीं लगा और वह शांति पाने के लिए झील की ओर चला।

झील पर पहुँचकर अपनी लाठी से वह काई को छितराता रहा। सिवार के सूतों को उलझाकर उसने निकाला, नन्हें-नन्हें बीज चुनकर मुँह में डाल लिए और उठकर उधर चला गया, जिस ओर जलमंजरी खिली हुई थी। जलमंजरी के पास से ही दलदल शुरू हो जाता था। नारी की बेल पानी में तारों की तरह बिछी हुई थी और गाँठों के पास नन्हे-नन्हें घोंघे चिपके हुए थे। सूत-सी सफेद नन्हीं-नन्हीं

जड़ें मछली के उजले पंखों की तरह धीरे-धीरे काँप रही थीं। दलदल में घुसकर उसने जलमंजरी के फूल तोड़े और गुच्छा बनाकर लौटने लगा।

सोनापतारी का झुंड रात-भर चारा खाकर उड़ने ही वाला था कि एक गोली उस पार से छूटी और उड़ते सोनापतारी के झुण्ड में से एक पक्षी बिलबिलाकर छप्प से झील के बीचों-बीच गिर पड़ा। उसके सोने-से पंख पानी पर छितरा गए और नीली झील के खामोश पानी पर एक हलचल हुई। एक क्षण बाद ही लाल खून की एक पतली-सी लकीर पानी पर खिंची और सोनापतारी तैरती हुई उस पार जाने की कोशिश करने लगी। उसके नरम पर फड़फड़ा रहे थे और पानी पर खून की लकीर उसका पीछा कर रही थी।

झुरमुट में से शिकारी निकले। उन्होंने देखा, पर वह पक्षी तैरता हुआ उस किनारे निकलकर किसी झाड़ी में दुबककर खामोश हो गया। शिकारियों ने बहुत खोजा, पर पक्षी नहीं मिला। झील पर मिटती हुई लकीर के बीच एकाध पंख पड़ा था।

उसका मन उचाट हो गया। जलमंजरी के फूलों को वहीं फेंककर वह लौट आया। पारबती की याद उसे फिर आई और नीलामवाले दिन उसने तीन हज़ार की बोली लगाकर चबूतरे के पास वाली ज़मीन नहीं, दलदली नीली झील खरीद ली।

लोगों की आँखें फट गईं।

इसका दिमाग तो खराब नहीं हो गया ?

लेकिन उसने किसी को कोई जवाब नहीं दिया। और मन में लगता कि अब तो वह पारबती को भी जवाब नहीं दे सकता। उसके पास जवाब है ही क्या ?

फागुन आते-आते मेहमान पक्षी उड़ गए। सवनहंस, चले गये, सफेद सुरखाब अपने पुराने घरों में लौट गए। मुअर, संद, करकर्रा और सरपपच्छी भी चले गए... झील बहुत सूनी हो गई थी, पर महेस पांडे को विश्वास था कि ये फिर हमेशा की तरह अपने झुंडों के साथ कातिक-अगहन तक वापस आएँगे।

महेस पांडे लिखना-विखना तो जानता नहीं था, बस झीलवाले रास्ते के पहले पेड़ पर उसने एक तख्ती टांग दी थी, जिस पर उसने लिखा था, 'यहाँ शिकार करना मना है।' और नीचे की पंक्ति थी, 'दस्तखत नीली झील का मालिक—महेस पांडे।'

नागमणि

नहर के पुल के आसपास बरगद और नीम के पेड़ थे। पुल के दाएँ-बाएँ तपती डामर की सड़क। यहीं से कुछ पगडंडियाँ इधर-उधर के गाँवों को उतर जाती हैं। सात कोस की सपाट सड़क पर यही सबसे ठंडी जगह है। हर तरफ को जाता हुआ मुसाफिर यहाँ रुककर साँस लेता है। पेड़ों की छाँह ढलानों पर भी है, ढलानों पर गाड़ी इक्के के जानवर सुस्ता लेते हैं। नहर के पुल की वजह से सड़क यहाँ पर पटिया की तरफ ऊपर उठी हुई है। दूर गाँव की पगडंडियों से आनेवालों को सड़क का इतना-सा हिस्सा धनुष की तरह दिखाई देता है। गर्मियों में नहर पतली पड़ जाती है, पर हवा को फिर भी फिरा देती है।

सड़क पर चलते-चलते विश्वनाथ का जी हलकान हो गया था। किरमिच के जूते धूल-पसीने से फचर-फचर कर रहे थे। कनपटियों और गर्दन पर पसीना ढरक रहा था। गर्दन की रेखाओं में नमक जैसा जम गया था। बिलासी नाऊ ने कान के पास उस्तरा मार दिया था। वह ज़रा-सी कटी हुई जगह ज़्यादा चिलक रही थी। सफेद खादी की टोपी की कोर खरबूजे की किनारी की तरह चिपचिपा रही थी। बड़ी दुर्गति हो जाती है इस गर्मी में। इससे अच्छा था, कल शाम ठण्डे-ठण्डे में निकल गए होते । पर मुश्किल तो चीज़ों की थी। उसका हाथ झोले पर चला गया। इसकी तनी भी आज ही टूटनी थी। खादी में यही खराबी होती है। एक तार टूटा तो सब टूटते चले जाते हैं। कच्ची कपास के कारण। तनी टूटने से झोले का बोझ बढ़ गया। इस तपती दोपहरी में तो मन करता है कि आदमी एक-एक चीज़ उतारकर फेंक दे। ऊपर से यह झोला और आफत किए है। सड़क किनारे लगे पेड़ों की छाया आती है, तो राहत मिलती है। पर बुरा हो इन ढोर-डंगर वालों का। एक तो वैसे भी गर्मियों में पेड़ झुलस जाते हैं, दूसरे ये बकरी वाले लग्गियों में हँसिया बाँधे रहते हैं। रेवड़ों के साथ-साथ। जिस पेड़ में ज़रा हरी पत्ती के झौंरे दिखाई दिए कि काट-काटकर गिरा देते हैं। बकरियाँ दौड़-दौड़कर

खाती हैं। चुंगी के नम्बरी पेड़ हैं, पर देखनेवाला कौन है ? पेड़ों में टहनियों के ठूँठ भर रह गए हैं या फिर फुनगियों पर पत्तियाँ रह गई हैं। उनकी भी कहीं छाया होती है ! सारे पेड़ रुण्ड-मुण्ड खड़े हैं। चारा भी कोई कहाँ से लाए...ढोर-डंगर तो बिना खाए नहीं रह सकते।

कान के पास लगा उस्तरा फिर चिलकने लगा। उसने अँगोछे से रगड़-रगड़कर गर्दन, कनपटी और मुँह पोंछा। आँख की कोर का नमकीन पसीना पुतली पर जाकर मिरच की तरह लगा, तो आँखें डबडबा आईं। उन्हें कुरते की बाँह से सुखाकर उसने इधर-उधर देखा—

चारों तरफ सूखा हुआ निचाट मैदान। दूर-दूर तक कोई छतनार पेड़ या बाग-बगीचा नहीं। शीशम की सूखी हुई सीप-सी पत्तियाँ धूल के साथ उड़ती जा रही थीं। तपते हुए मैदान में दूर पर धूल के बगूले चकराते हुए ऊपर को उठ रहे थे।

तभी एक चील चीखी...जैसे उसने किलकारी भरी हो...फिर उसकी आवाज़ टूट-टूटकर आई थी—अ...आ...इ...ई...और खामोशी छा गई थी। सन्नाटा और बढ़ गया था...पर उसके कान में आ...आ...इ...ई...गूँज़ गया था।

अ...आ...इ...ई... ! क र कर...प र पर ! ध र धर। राम खाना खा। राम खाना ला। अब घर चल। राम अब चल। हमेशा यही होता है। कोई भी आवाज़ हो, वह इन शब्दों में बदल जाती है। कभी-कभी तो चलते-चलते किरमिच के जूतों से भी यही आवाज़ निकलती है। बिल्कुल साफ-साफ बायाँ पैर पड़ा... अब दायाँ पैर पड़ा...घर। फिर बायाँ पैर पड़ा...चल। बाएँ, दाएँ, बाएँ—अब घर चल। बाएँ, दाएँ, बाएँ—और इन एक-सी निकलती आवाज़ों की बेहोशी में कभी-कभी तो विश्वनाथ मीलों इसी तरह निकल गया है। अब घर चल...जब ये आवाज़ें घेर लेती हैं तो हर कदम के साथ संगीत-सा पैदा होता है और वह चलता जाता है।...

कितने बरस हो गए...यों ही चलते हुए। अब याद करो तो बहुत-सी बातें याद भी नहीं आतीं। सब गड्डमड्ड हो जाता है। लोगों के चेहरे तक याद नहीं आते। कोई विद्यार्थी मिलता है तो वही पहचान ले तो पहचान ले, उसे कुछ ख्याल नहीं आता। कोई एक जगह तो रहना हुआ नहीं। कभी कहीं, कभी कहीं। जब जहाँ राष्ट्रभाषा प्रचार की ज़रूरत पड़ी—वहीं विश्वनाथ। मैसूर-कर्नाटक तक गया। कालीकट-कोचीन गया। जहाँ गया, बड़े सम्मान से गया। अक्षर-ज्ञान की पोथियों

के बण्डल के बण्डल बाँधकर ले गया। पाठशाला बनाई। रात-दिन लोगों को राष्ट्रभाषा पढ़ाई। दस्तखत करना सिखाया। उन्हें साक्षर बनाया और दूसरे इलाके में चल दिया।

यह जाना ही नहीं कि अपना घर भी कुछ होता है कि घर की कभी ज़रूरत भी पड़ती है। तब तो बस एक ही धुन थी—अ आ...इ... ई...अ...आ...इ... ई...कालीकट-कोचीन में जब मानसून आता था तो घुमड़ते बादलों में बहुत से अक्षर खुद-ब-खुद बनते थे। बादलों में बनते अक्षरों को देखते रहना उसकी आदत बन गई थी...सूरज की नरम और लुकती-छिपती रोशनी की गोटेदार किनारीवाले बादलों के अक्षर!

पर अब रह-रहकर कदमों से एक आवाज़ बहुत निकलती है—अब घर चल...बाएँ दाएँ, बाएँ—अब घर चल...पर अब कहाँ घर, और कहाँ घर का नाम। होने को चार दीवारें हैं। बर्तन-भाँडे हैं। बक्सा-खटिया हैं...पर घर कहाँ ? किसके पास जाने को घर...प्रचारकों के पास वक्त कहाँ ? देश को भाषा देनी है। देश को वाणी देनी है। लोग निरक्षर हैं। ऐसे देश कैसे बढ़ेगा ? भविष्य कैसे बनेगा ? जब तक अपनी भाषाएँ नहीं आएँगी, तब तक जनता गूँगी रहेगी और फिर उन्हें एक सूत्र में बाँधने का काम राष्ट्रभाषा करेगी। हम एक परिवार की तरह हो जाएँगे—अपनी भाषा, अपना देश। अपना राज, अपना वेश।

फिर पैरों से वही आवाज़ निकलती है—अब घर चल...तपता हुआ मैदान और अब घर चल। दोनों तरह से उसकी हिम्मत पस्त होने लगती है। हारकर एक शीशम की थोड़ी-सी छितराई छाँह में बैठ जाता है। नहर का पुल अभी काफी दूर है। वहाँ पहुँच जाता तो दो घड़ी नींद ले लेता। तरबूज खाकर प्यास बुझाता और चार बजे तक हिन्दी-मन्दिर पहुँच जाता।

लालटेन उसने एक ओर रख दी। झोला जड़ के पास टिका दिया। एक बस्ते जैसे बण्डल में उसके कुछ कपड़े थे। बस्ते का तकिया लगाकर उसने पीठ सीधी करने की कोशिश की, पर कद-भर की छाँह नहीं थी। कनपटी के पास धूप का गोला गिर रहा था—जैसे कोई सेंक दे रहा हो। तिलमिला कर उसने सिर हटाया, छाँह के हिसाब से बदन को टेढ़ा-मेढ़ा किया तो चींटियों की कतार पैर पर चढ़ने लगी। जड़ के पास भीटा था। फटी हुई दरारों में सैकड़ों चींटियाँ रेंग रही थीं।

वह उठकर बैठ गया। सुस्ताने के लिए कुछ देर रुकना ज़रूरी था। उसने

झोले का सामान निकाला और उसी को उलट-पलटकर देखने लगा। गाँधीजी की तस्वीर तो अच्छी थी, पर जैसा फ्रेम वह चाहता था, वैसा नहीं मिला था। तस्वीर भी बड़ी मुश्किल से मिली थी। बस्ती में तस्वीरवाले हैं ही कितने? जो बेचते भी हैं, वे अब सिनेमा की तस्वीरें बेचते हैं। उनके पास गाँधी-सुभाष की तस्वीरें कहाँ? चाहता तो वह भारतमाता की तस्वीर था। पर भारतमाता की तस्वीर अब कहीं नहीं मिलती। वह तस्वीर जिसमें भारतमाता के पैरों में एक सिंह बैठा हुआ है और बाएँ हाथ में तिरंगा है। अफ़गानिस्तान के पास तिलक की मूर्ति है, तिब्बत में गाँधी जी की और बर्मा के ऊपर गोखले की।

वह तस्वीर नहीं मिली। बमुश्किलताम बन्ने मियाँ फैंसी फ्रेमवाले के यहाँ गाँधीजी की यह तस्वीर मिल पाई थी। बन्ने मियाँ को खुद याद नहीं था कि भारतमाता और गाँधी जी की कोई तस्वीर उनके पास है। कई बार जब उसने कहा तो बन्ने मियाँ ने पूरा लिपटा हुआ पुलिंदा सामने पटक दिया—भई, खुद देख लो।

उस लिपटे हुए पुलिंदे में मक्का-मदीने की तस्वीरें थीं। सुलताना डाकू की थी, गुलबकावली की और रामी धोबिन की थीं, गुरु नानक और अक्षयवट की थीं, कृष्ण और गोपियों की थीं। अर्जुन और कृष्ण की थीं, उत्तरा और अभिमन्यु की थीं, विश्वामित्र और मेनका की थीं...सबकी थीं, पर भारतमाता की नहीं थी। बहुत मुश्किल से गाँधीजी की एक तस्वीर मिली थी। उसे मढ़ने का आर्डर दे दिया था। पर बन्ने मियाँ ने चलताऊ काम कर दिया।

गाँधीजी की तस्वीर के अलावा अक्षर-ज्ञान की दस पोथियाँ थीं। दो सिलेटें थीं। अगरबत्तियाँ और खड़िया के कुछ टुकड़े थे। एक थैली में थोड़े-से बताशे थे। अपनी गाँधी डायरी थी। डायरी में मुड़े-तुड़े कई पर्चे थे। पर्चे खोल-खोलकर देखने लगा तो वह पर्चा भी निकल आया जिस पर उसकी लिखावट में पता लिखा हुआ था—पण्डित रतनलाल शर्मा, गुप्ताजी का अहाता, कटरा, इलाहाबाद। यह पता सुशीला ने खुद लिखकर दिया था। चिट्ठी-पत्री का तो कोई सवाल नहीं था, पर कभी-कभार राजी-खुशी की खबर आदमी दे दे तो दे दे, मन करे तो।

लेकिन विश्वनाथ ने कभी कोई खबर नहीं दी। न ली। ख्याल तो बहुत बार आया, पर लिहाज भी तो कुछ होता है। एक बार हिन्दी प्रचारकों की बैठक इलाहाबाद के साहित्य सम्मेलन में हुई थी, तो जाने को बहुत मन किया था, पर रह गया था। सिर्फ एक बार वह तभी गया था, जब बंगलौर से लौटा था। एक दिन उन्हीं के यहाँ रुका था—रतनलाल के यहाँ। रिश्ते के भाई होते थे। उनकी

पहली पत्नी बहुत पहले स्वर्ग सिधार गई थीं। फिर यह दूसरी शादी सुशीला से हुई थी। पहली बार वह शादी पर मिला था और दूसरी बार बंगलौर से लौटते हुए। बस। उसके बाद नहीं। जब दूसरी बार मिला था, तभी सुशीला ने पता लिखकर दिया था। शायद कभी...

विश्वनाथ को खूब याद है शादी का। वह ब्याह में भी गया था। ट्रेन से बारात लौटी थी, तो देवर होने के नाते उसे ही सुशीला भाभी के साथ बैठना पड़ा था। रतनलाल को ज़रा बड़े-बूढ़ों का ख्याल था और फिर उनके लिए औरत कोई नयी चीज़ तो थी नहीं। सुशीला भाभी गहना-जेवर पहने थीं, इसलिए किसी समझदार-जिम्मेदार का उनके पास रहना बहुत ज़रूरी था। उस रात पहले तो वह बहुत कतराया था, पर भाभी ने ही सब सँभाल लिया था।

गाड़ी दौड़ रही थी। वह सकुचाया-सा एक किनारे बैठा था। तभी सुशीला ने कहा था—‘‘आप खाना खा लें...गठरी में रखा है...’’

सुशीला वैद्य की बेटी थी। बड़ा घर था। इसलिए उन्हें बड़े घर की बेटी की तरह ब्रांच लाइन के फर्स्ट क्लास में लाया गया था। रात-भर का सफर था। रतनलाल भइया अपनी लड़की को सुलाकर जब निश्चिंत हुए थे, तो एकाध बार गाड़ी रुकने पर पूछने आए थे—‘सब ठीक है बिस्सुनाथ ! किसी चीज़ की ज़रूरत तो नहीं...’

अँधेरे प्लेटफार्म पर गिरती खिड़की की भरी हुई रोशनी में सुशीला ने अपने पति को देखने की कोशिश की थी। दूसरे स्टेशन पर आकर वे मुन्नी को वहीं लिटा गए थे—‘यहाँ आराम से सोती रहेगी। पंखा भी है।’ फिर उन्होंने इधर-उधर देखकर कहा था—‘बिस्सुनाथ, तुम ऊपर सो जाओ, ये यहाँ सो रहेंगी। कुछ खाना-वाना खाया ?’

यह सुनकर सुशीला कुछ कसमसाई थी। विश्वनाथ ने हाँ भर कहा था। तभी गाड़ी ने सीटी दी थी और रतनलाल भागकर बारातवाले डिब्बे में चले गए थे—‘ठीक से बन्द कर लेना...’

सुशीला ने सोती हुई मुन्नी को गौर से देखा था। शायद इतनी जल्दी माँ बनना उसे मंजूर नहीं था। काफी देर बाद सुशीला ने पूछा था— ‘‘आप तो कालीकट-कोचीन में हैं ?’’

‘‘हाँ...’’

‘‘वहाँ समुंदर है ?’’

‘‘हाँ...’’

''वहाँ की बोली जानते हैं...''

''थोड़ी-थोड़ी...''

''कैसे बोलते हैं, बताइए ज़रा...''

वह हँस दिया था—''समझ में आएगी ?''

''तो क्या हुआ...'' सुशीला ने कहा था।

फिर सुशीला लेटने की तैयारी करने लगी थी—''आप उधर बाथरूम में चले जाएँ तो हम कपड़े बदल लें।''

सुनकर वह सकपका गया था। बौड़म की तरह शरमाता हुआ बाथरूम में घुस गया था। बड़ी देर तक वहाँ घुसा रहा—इस इंतज़ार में कि भाभी बाहर निकलने को कहेगी। खुद निकलते संकोच हो रहा था। उस बार पहली दफा मालूम हुआ था कि औरतों को कपड़े बदलने में कितनी देर लगती है। बाथरूम में खड़े-खड़े पसीने में नहा गया था, पर सुशीला की आवाज़ ही नहीं आ रही थी। फिर बहुत देर बाद उसे दरवाज़े के पास खिलखिलाहट सुनाई पड़ी थी। सुशीला कह रही थी—''निकलने का इरादा नहीं है क्या ? नींद आ गई...''

तब वह बहुत शर्माता हुआ बाहर निकला था। सुशीला हँस रही थी—''ऐसे तो रात-भर बन्द रखा जा सकता था।'' अपनी हालत पर उसे शरम आ रही थी और गुस्सा भी—पर सुशीला के ओठों और आँखों में हँसी ही हँसी थी, जिसे तोड़ सकने की हिम्मत नहीं पड़ रही थी।

''आइए, यहाँ बैठिए...पंखे के नीचे।'' सुशीला ने उसे बाँह से पकड़कर बैठा लिया था। उस समय गाड़ी पुल से गुज़र रही थी और चाँद खिड़की के सिरे पर लटका हुआ साथ-साथ भाग रहा था।

सुशीला अपने गहने उतार रही थी। हार का काँटा फँस गया तो बोली—''ज़रा इसे निकालिए...'' और वह पीठ करके इंतज़ार करने लगी। उसे छूते हुए विश्वनाथ को रोमांच-सा हो आया था। पसीजी हुई गर्दन पर रेशम से रोएँ। बगलों के पास पसीने से भीगा हुआ ब्लाउज और खुली हुई आधी पीठ केले के पत्ते की तरह रेशमी और चिकनी थी। केलासन के ब्लाउज़ और बालों की मिली-जुली गन्ध से वह बेहाल हो गया था। जैसे वह पके हुए गेहूँ के खेत में उतर गया हो।

जैसे-तैसे उसने काँटा खोल दिया था। फिर सुशीला ने अपने हाथ की बेल-चूड़ियाँ, कड़े, माथे का बेना भी निकाला था और चाबियों का गुच्छा उसे देकर कहा था—''ज़रा सन्दूक खोलिए...बड़ी वाली चाबी है।''

उसने सन्दूक खोल दिया था। नए-नए कोरे कपड़े उसे बड़े अच्छे लगे थे। बक्सा क्या था, फूलों की डलिया थी। वह एक-एक कपड़ा उलट-पलटकर देखना चाहता था। सुशीला ने छोटी-सी सन्दूकची निकालकर गहने उसमें रख दिए थे, और उससे बक्सा बन्द करने के लिए कहा था। उसे यह सब बहुत अच्छा लग रहा था। पर सुशीला इतनी उन्मुक्त होकर यह सब करवा रही थी, यही उसे कुछ अजीब-सा लग रहा था। शायद देवर के रिश्ते से।

गाड़ी बाँस के जंगल से गुज़र रही थी। बाँस की पत्तियों की सीटियाँ बज रही थीं। जैसे हज़ारों साँप शी-शी कर रहे थे। चाँद अब भी खिड़की के कोने पर लटका था।

"दो जन जा रहे हों और रास्ते में साँप मिल जाए तो क्या होता है?" सुशीला बोली थी।

"पता नहीं..."

"नहीं मालूम..." विस्मय से सुशीला की बड़ी-बड़ी आँखें फैल गई थीं और फिर वह धीरे-धीरे खिल-खिल करने लगी थी, 'सर्पमणि देखी है?"

"नहीं तो..."

फिर उसी तरह खिलखिलाते हुए सुशीला ने कहा था—"सर्पमणि को साँप कभी नहीं छोड़ता। वह उजास देती है। साँप अपनी मणि को कहीं छोड़कर भूल जाए तो पागल हो जाता है। रात को वह अपनी मणि से खेलता है।...इधर-उधर जाए तो लौटकर वहीं आता है, जहाँ मणि पड़ी होती है..."

सुशीला कह रही थी और वह उसका मुँह देख रहा था। इतने घंटों में वह कहाँ से कहाँ पहुँच गया था। एक ऐसी दुनिया में जहाँ सब कुछ फूलों की तरह कोमल था। गन्ध से भरा हुआ। चाँदनी की एक तिरछी लकीर सुशीला की एड़ी के पास पड़ी थी। महावर से रँगे हुए पैर। उसकी चूड़ियों में लटका हुआ एक सेफ्टीपिन और माथे पर सिन्दूर की बिन्दी।

"अब आप फिर कालीकट-कोचीन लौट जाएँगे?"

सुशीला ने पूछा था।

"शायद नहीं। अब मैं हैदराबाद जाऊँगा।"

"जा-जाकर करते क्या हैं?"

"राष्ट्रभाषा पढ़ाता हूँ—अहिंदी-भाषियों को..."

"आपको पता है..." माथे पर आ गई एक लट को ऊपर करते हुए सुशीला बोली थी, "पहले हमारे बाबूजी ने आपके लिए ही बात की थी...तब हमारे घर

में आपकी ही चर्चा रहती थी। छोटी बहन 'कालीकट-कोचीन' कहकर मुझे चिढ़ाने लगी थी।'' कहते हुए सुशीला कुछ सकुचा गई थी।

''मुझे तो इस बात का कुछ भी पता नहीं...शायद घरवालों को...''

''आपसे उन लोगों ने पूछा भी नहीं ? हमारे घर तो यही खबर आई थी कि आपने शादी करने से इनकार कर दिया है...आप इस वक्त अब झूठ बोल रहे हैं...''

विश्वनाथ ज़रा सोच में पड़ गया था। कई तूफान उसके सीने में उठे। बहुत सँभालकर बोला, ''सच, मुझे बिल्कुल पता नहीं। बड़ी भाभी ने यही सोचकर मना कर दिया होगा कि मेरा क्या ठिकाना, आज यहाँ, कल वहाँ...कोई काम-धाम तो है नहीं...कहाँ से खिलाऊँगा। किसी को मेरे भविष्य पर भरोसा नहीं है...और फिर ठीक भी तो सोचते हैं लोग। हम तो गाँधीजी के वालिंटियर हैं...शहर-शहर, गाँव-गाँव भटकते हैं।''

सुशीला फिर खिलखिलाई थी।

पूरी रात यों ही अपनेपन और बेगानेपन में कट गई थी। एक पलक दोनों नहीं सोए थे। मुन्नी पड़ी-पड़ी सोती रही थी। जब सुरमई से खेत नज़र आने लगे थे और पूरब में पेड़ों के पीछे आकाश सुनहरा हुआ था तो सुशीला ने सुराही से पानी पिया था और आँखों को छींटे देकर पोंछ लिया था—''पूरी रात बीत गई...'' वह बुदबुदाई थी।

रात-भर जागने के बावजूद वह फूल-सा हल्का महसूस कर रहा था। डिब्बे में कुछ उमस थी, पर खेत सुबह की हवा में अंगड़ा रहे थे। सुशीला ने अपने कपड़े ठीक किए थे और चुपचाप बाहर देखती रही थी।

फिर एकाएक बोली—''हम लोगों ने बिस्तरा तक नहीं खोला।''

''गर्मी में कौन बिछाता है...'' विश्वनाथ बोला था।

सुशीला की आँखों में एक भाव आया था, जैसे कह रही हो—सीधे नहीं हो तुम!

और वह रात वहीं रुकी रह गई थी। वह फिर नहीं बीती। बरात घर पहुँच गई थी और 'कालीकट-कोचीनवाला' लौट आया था। वहाँ से लौटने के बाद काफी दिनों तक सुबह उस तरह शुरू नहीं हुई थी, जैसे कि हमेशा होती थी...उस एक

पंक्ति से—'उठ जाग मुसाफिर भोर भई, अब रैन कहाँ जो सोवत है...' यह पंक्ति ही जैसे उसे चलाती थी...अब रैन कहाँ जो सोवत है...और वह अपना झोला लेकर, पोथियाँ डालकर निकल जाता था...अ...आ...इ...ई...अब घर चल...

पर तब से घर कहाँ? बस एक आवाज़ है—उठ जाग मुसाफिर भोर भई...और छप्परों के नीचे की पाठशालाएँ हैं। कमरों में गूँजते हुए स्वर हैं—अ आ इ ई...

वह जैसे सपने से जगा हो। कागज़ का वह पता लिखा मुड़ा-तुड़ा टुकड़ा उसने एक बार फिर हसरत से देखा था—नागमणि ! मणि उजास देती है।

पता नहीं, उसने किरमिच के जूते कब उतार दिए थे। वे धूप में तपकर टेढ़े-मेढ़े हो गए थे। पसीने के दाग ऐसे पड़ गए थे जैसे धुआँ लग गया हो।

उसने झोला सँभाला था। गाँधीजी की तस्वीर सँभालकर रख ली। बताशे की थैली एक कोने में सरका दी। डायरी में सब कागज सहेजकर रख लिए। अँगोछे से मुँह पोंछकर फिर चल पड़ा था। अब नहर के पुल पर नहीं ठहरेगा। उसे जल्दी पहुँचना है। जब तक वह नहीं पहुँचेगा, हिन्दी-मन्दिर का उद्घाटन नहीं होगा। तस्वीर के लिए बाकर मिस्त्री ने कार्निस बना दी होगी, जिस पर बीचोंबीच उसे रखा जाएगा। पूजा होगी और राष्ट्रभाषा-प्रचार शुरू हो जाएगा।

बाकर मिस्त्री का ध्यान आते ही उसने कुरते की जेब टटोली। पैसे सलामत थे। आज ही मिस्त्रीजी का हिसाब चुकाना है। न चुकाता तो मिस्त्री मुश्किल में पड़ जाता। उसके लिए आर्डर हो गया है कि वह वापस जाए। भारत में रुकने का समय खत्म हो चुका है, बल्कि दो महीना ऊपर हो गया है।

बाकर मिस्त्री अपने बेटे को ले जाने के लिए भारत आया था। विभाजन के बीस बरस बाद। लड़का यहीं छूट गया था। उन दिनों जब दंगे हुए थे, तो करीम सात-आठ साल का था और अपने मामू के घर दूसरे शहर में गया हुआ था। बाकर मियाँ को खबर मिल गई थी कि करीम अपने मामू के साथ पाकिस्तान के लिए रवाना हो गया है। पर पाकिस्तान में न मामू पहुँचे थे, न करीम। बाकर मिस्त्री पहुँच गया था। फिर बीस बरस तक आना-जाना नहीं हो पाया।

हिन्दी-मन्दिर एक कमरे का घर है। बड़ी दौड़-भाग करके विश्वनाथ ने यह छोटी-सी जगह चुंगी से हासिल की थी। अहिन्दी प्रांतों में हिन्दी प्रचार करते-करते जब बदन थक गया था, तो वह अपने शहर लौट आया था। अपने देश का हाल देखकर वह उदास हो गया था। कहाँ है हिन्दी? इतने बरसों के बाद भी हिन्दी

कहीं नहीं थी। वह था, जिसके लिए सब बातें और चीज़ें मामूली बन गई थीं। जब तक आदमी बोलेगा नहीं, देश कैसे चलेगा?...अपनी भाषा, अपना देश, अपना राज, अपना वेश। उसे ताज्जुब हुआ था कि अपने देश में ही कुछ नहीं हुआ था। इतने बरस वह दूसरे प्रांतों में खटता रहा और बराबर सोचता रहा कि अपने यहाँ सब हो गया होगा।...

प्रचार के लिए वह तरह-तरह के काम करता था। प्रचार-समिति की पाठशालाएँ चलाता था। बस्तियों में जाकर पढ़ाता था। पुरानी पोथियों से तत्त्व की समानता पर व्याख्यान देता था। हिंदी दिवस मनाता था। गोष्ठियाँ कराता था। परीक्षाओं का प्रबन्ध करता था।

पहले वह खादी का पैंट और कमीज़ पहनता था, पर फिर धोती-कुरता पहनने लगा था। अपनी ज़रूरतें घटाता गया था। धीरे-धीरे उसकी अपनी इच्छाएँ भी कम होती गई थीं...और वह सीधा-सादा मामूली-सा आदमी बनता गया था। अपनी भाषा अपना देश...अपना राज अपना वेश...और लौटकर अपने ही घर में जब भाषा उसे नहीं मिली थी तो उसने तय किया था, अब यहीं हिन्दी मन्दिर बनाएगा। ज़रूरत हुई तो छोटी-मोटा आन्दोलन चलाएगा। सरकारी दफ्तरों पर धरना देगा। मौन सत्याग्रह करेगा। अफसरों को स्मृति-पत्र देगा। अब विदेशी भाषा नहीं चलेगी।

असल में बीस बरस बाद एकाएक बाकर मिस्त्री को देखकर विश्वनाथ को बड़ा अचरज हुआ। वहीं नीम तले बैठे-बैठे उसने पूछा था—‘‘अरे, पाकिस्तान से कब आना हुआ ?’’

‘‘यही कोई तीन-चार दिन हुए...’’ फिर बाकर बोला था, ‘‘करीम को लेने आया था। देखो पण्डित, ज़माना कितना बदल गया। हमने यह सोचा ही नहीं था कि करीम इतना बड़ा हो गया होगा। वह तो यहाँ देखकर ख्याल आया। अब वह बच्चा तो नहीं रह गया है। कहता है, नहीं जाएगा।’’

‘‘वह क्या करेगा जाकर...तुम भी यहीं रुक जाओ...’’ विश्वनाथ ने कहा था, ‘‘क्या रखा है पाकिस्तान में...’’

‘‘है तो कुछ नहीं...’’ बाकर मियाँ बोला था, ‘‘हम तो समझ रहे थे तुम लोगों ने करीम को हिन्दू बना लिया होगा...पर वह तो ज्यों का त्यों है...मुसलमान, मुसलमान ही रहता है।...’’

सुनकर विश्वनाथ हँस दिया था।

‘‘सुना है वहाँ तुम लोगों को कोई पूछता नहीं ! बड़ी खराब हालत है यहाँ से जानेवालों की...’’

‘‘ऐसा कुछ तो नहीं...पर हाँ, कोई खास अच्छी हालत भी नहीं है। न जाते तो भी कुछ फरक नहीं पड़ता...वैसे तामीर का काम वहाँ भी बहुत चल रहा है। मेहनत करनेवाला बेकार नहीं बैठता...’’ बाकर मिस्त्री ने कहा, ‘‘सोचता हूँ, यहाँ कोई काम मिल जाता तो वक़्त भी कट जाता और जाने के लिए चार पैसे भी हो जाते ...’’

और विश्वनाथ ने हिन्दी-मन्दिर का काम उसे सौंप दिया था। पजावे से गधों पर लादकर नम्बर दो की ईंटें आ गई थीं। छत के लिए सेंठा और धन्नें मिल गई थीं...बाकर मियाँ ने जोड़-तोड़ करके एक कमरा उठा दिया था और दरवाज़े के ऊपर सीमेंट से ‘हिन्दी-मन्दिर’ भी तराश दिया था।

इस काम में बाकर मिस्त्री को परमिट से ज्यादा दिन लग गए थे। ज़िला कोतवाली से सिपाही आकर आगाह कर गया था—अब और रुकने की मोहलत नहीं मिल सकती। परमिट खत्म हो गया है। न गए तो गिरफ्तार कर लिए जाओगे।

पता नहीं क्यों बाकर मिस्त्री यह सुनकर रुआँसा हो आया था। करीम ने दौड़-भाग की थी, पर और मोहलत नहीं मिली। डाक्टरी सिफारिश पर भी नहीं। कचहरी और पुलिस के हाकिम माने ही नहीं थे।

सड़क बहुत तप रही थी। कोई इक्का ही मिल जाता तो वह बैठ लेता। पर ऐसी लू-गर्मी में जानवर तक नहीं निकलते। पसीना पोंछकर विश्वनाथ ने आगे देखा—नहर का पुल अब पास आ गया था। मील-डेढ़ मील था। वहाँ पहुँचकर सुस्ताना ही पड़ेगा।

जैसे-तैसे वह पहुँच गया था। छाया मिली तो जान पड़ गई। बरगद की जड़ पर सिर टिकाकर वह लेट गया। लेटे-लेटे मैदान पर नजर चली गई थी। ढलान के नीचे पीली कटइया के फूल खिले हुए थे। काँटेदार झाड़ियों में जाला काँप रहा था। कुछ जानवर ढलान के पास भरे पानी में पड़े-पड़े हाँफ रहे थे। एक इक्का खुला हुआ था। गौने की सवारियाँ थीं। बहू नीम के तने से लगी बैठी थी। पैरों में झाँझरें। बड़े-बड़े बिछुए और लाल-लाल महावर से रँगे हुए पैर। कटइया के फूलों जैसा छींट का लहँगा था बहू का। पीले-पीले फूल...काँटेदार पत्तियाँ। और गुड़हल के फूलों की थी फतोई। उसने उधर से नज़र हटा ली। तरबूजवाला भी आज नहीं था कि छोटा-सा कलींदा लेकर प्यास ही बुझा लेता।

मैदान में आक की गुझियाँ चटक गई थीं। रेशमी फूल झाड़ी के ऊपर उड़ रहे थे। कुछ उड़-उड़कर कटइया के काँटों और जाले में उलझ गए थे।

विश्वनाथ जब बस्ती में पहुँचा तो सूरज ढल रहा था। बाकर मिस्त्री भी कहीं चला गया था। विश्वनाथ ने दरवाज़ा खोलकर लालटेन एक तरफ रख दी। झोले से सामान निकालकर रख दिया, और बाहर चबूतरे पर बैठकर इंतजार करने लगा। बाकर मिस्त्री आ जाए तो वह खुद जाकर कुछ लोगों को बुला लाए। उसने कुछ देर बाकर का इंतज़ार किया, फिर कुण्डी लगाकर बस्ती की तरफ चल दिया।

पता चला कि कमिशनर साहब दौरे से लौट रहे थे, सो ठाकुर साहब के यहाँ चाय-पानी का इंतज़ाम किया गया है। लोग वहीं मँडरा रहे हैं। तमाशबीनों की तरह। कुछ देर खड़ा-खड़ा वह देखता रहा, बड़ी सरगर्मी थी। तीन-चार पुलिस के लोग थे, खलासी, ड्राइवर, अफसर वगैरह भी रह-रहकर तमाशबीनों को खदेड़ देते थे। कभी मुँह चबलाकर गाली देते हुए हँस देते थे।

उसने ज़रा उचककर देखने की कोशिश की तो एक पुलिसवाले ने कंधा दबाकर उसे आहिस्ता से गुड़िया की तरह दबा दिया था। एक क्षण के लिए वह खिसिया-सा गया था, फिर धीरे-धीरे हटता हुआ तमाशबीनों की भीड़ से अलग होकर अपने मन्दिर पर लौट आया। लौटा तो बाकर मिस्त्री बैठा हुआ मिला। और कोई नहीं था। विश्वनाथ को रह-रहकर बड़ा बुरा लग रहा था।

कम से कम उन लोगों को तो होना चाहिए था, जिन्होंने ईंटें, लकड़ी वगैरह दी थीं।

बाकर मिस्त्री भी बहुत नाराज़ बैठा था। विश्वनाथ के पहुँचते ही बड़बड़ाने लगा, "सिपाही फिर आया। बता दिया सालों को कि कल चले जाएँगे, नाक में दम काहे को किए हो !"

"कल जाओगे ?" विश्वनाथ ने यों ही पूछ लिया था। उद्घाटन इतना फीका होगा, उसने यह सोचा नहीं था। वह मन ही मन बेहद खिसियाया हुआ था।

"तो और क्या करेंगे !" बाकर मिस्त्री फनफना रहा था, "रुकने ही नहीं देते। हमने बहुत कहा, अब यहीं रहेंगे। अपने लड़के के पास। कोरट-कचेहरी में जो करना हो, करवा दें, रुपया-पैसा भरना हो, सो भरवा दें, पर कोई सुनता ही नहीं। यहीं बुढ़ापा कट जाता...बच्चों के पास, पर कोई सुननेवाला नहीं है..."

"क्या कहा जाए..." विश्वनाथ का मन डूबा हुआ था।

"बहुत दौड़-भाग की साली...हमने कहा, हमें समझाओ कि हम यहाँ क्यों

नहीं रुक सकते। हमारे बाल-बच्चे यहाँ हैं...बस जवाब एक मिलता है—तुम और नहीं रुक सकते बाकी बात गिटपिट-गिटपिट कर लेते हैं आपस में...क्या करे कोई। वहाँ पाकिस्तान में भी साला यही हाल है। कोई सीधे मुँह बात नहीं करता। बस हुकम चलता है। जैसे हम जानवर हों...'' बाकर ने कहकर बीड़ी सुलगा ली, ''क्यों पण्डित, आज ही तुम अपना वह उदघाटन करोगे...मन्दिर का।''

''हाँ...'' विश्वनाथ ने कहा और तस्वीर, बताशे और अगरबत्तियाँ रखने लगा।

''ये तो महातमा जी हैं।'' तस्वीर देखकर बाकर ने कहा।

''हाँ...'' विश्वनाथ तैयारी करने लगा। बाकर मिस्त्री पास से चाँदनी के फूल चुन लाया। विश्वनाथ ने कार्निस पर तस्वीर रखी, अगरबत्तियाँ जलाई। स्लेट पर पोथियाँ रखीं। फूल चढ़ाकर प्रणाम किया और एक बताशा बाकर के हाथ में रख दिया। और खाली-खाली-सा इधर-उधर देखने लगा।

''क्या सोच रहे हो ?'' बाकर ने कहा।

''सोचता हूँ तुम्हीं से शुरुआत करूँ...'' विश्वनाथ ने स्लेट-पोथी और खड़िया का टुकड़ा उठाया। बाकर हँसने लगा विश्वनाथ का बचपना देखकर। हँसते-हँसते उसने स्लेट ले ली और बोला, ''करो शुरुआत...''

अ...आ...इ...ई...अ...आ...इ...ई...की आवाज़ कुछ देर वहाँ उभरती रही। स्लेट पर टेढ़ा-तिरछा कुछ बाकर ने लिखा था। कुछ देर वे दोनों वहीं चुपचाप बैठे रहे, फिर बाहर आकर बैठ गए। सामने बबूल की सेंगड़ियाँ धीरे-धीरे हिल रही थीं। नीचे सूखे हुए काँटों के झंखाड़ पड़े थे। बया का एक घोंसला एक टहनी से लटका हुआ था।

''तो कल तुम चले जाओगे...'' विश्वनाथ अपनी उदासी में कैद था।

''हाँ, तो और क्या करेंगे !'' बाकर के मुँह का जायका जैसे फिर बिगड़ गया था, ''अपने मुल्क में जाकर रहेंगे, हाँ नहीं तो...''

विश्वनाथ बाकर मिस्त्री को देखता रह गया था और उदास होकर और भी चुप हो गया। अँधेरा घिर रहा था। गर्मियों की धूरी शाम बहुत तकलीफदेह होती है। कुछ देर घुटने के बाद विश्वनाथ बोला, ''सो यू विल गो टु योर कन्ट्री! यस यू कैन...!''

''ऐं...'' बाकर कुछ समझ नहीं पाया। विश्वनाथ धीरे से हँसा। बाकर उसे हैरत से ताकने लगा। उसे विश्वनाथ कुछ डरावना-सा लगा। उसका चेहरा नए तपे हुए ताँबे की तरह तमतमा रहा था। आँखें बाहर को निकली पड़ रही थीं।

''अच्छा, सलाम !'' बाकर ने उठ जाना ही मुनासिब समझा।

''गुडबाई !'' विश्वनाथ ने उसे बैठ-बैठे ही विदा दे दी।

उस दिन विश्वनाथ को रात-भर नींद नहीं आई। वहीं बाहर लेटा या टहलता रहा। हिन्दी-मन्दिर के पासवाले घर के लोगों ने आधी रात उसे बड़ी सुरीली आवाज़ में गाते सुना था—उठ जाग मुसाफिर भोर भई अब रैन कहाँ जो सोवत है...सुबह जब बाकर मिस्त्री गया था तो विश्वनाथ वहीं बबूल के नीचे खड़ा उसे जाते देखता रहा था। घर के सभी लोग उसे सड़क के मोटर अड्डे तक छोड़ने गए थे। करीम उसी मोटर में साथ गया था उसे स्टेशन छोड़ने।

विश्वनाथ वहीं हिन्दी मन्दिर में रहने लगा था। किसी के पास आता-जाता नहीं था। बस्ती का बनिया श्यामलाल कभी घूमता-घामता उधर निकल आता, कभी मुन्शी कालीचरन हाल-हवाल लेने और दो-चार बातें करने पहुँच जाते, होटल वाले पण्डित राजाराम भी एकाध बार उधर गए। दिशा-मैदान के लिए जाता हुआ हरी यादव भी वहाँ मिनट-दो मिनट के लिए रुका, तो विश्वनाथ ने उनकी तरफ कोई ध्यान नहीं दिया। उन्होंने कुछ बात की, तो विश्वनाथ न हिन्दी बोला, न उर्दू। लोगों ने यही कहा था कि अब पण्डित विश्वनाथ अँग्रेज़ी बोलते हैं। सिर्फ रात में हिन्दी गीत गाते हैं—उठ जाग मुसाफिर...

पर विश्वनाथ रहने काफी करीने से लगा था। पहले लोगों का खयाल था कि वह शायद किसी दिन हिन्दी-मन्दिर में ताला लगाकर अपने शहर लौट जाएगा, पर वह अब वहीं बस गया था। बस्ती से कभी साबुन या ज़रूरत की चीज़ें लेने चुपचाप जाता और वैसे ही खामोश लौट आता। ज़्यादातर वह मन्दिर के बाहर टहलता रहता या नहर की ओर जाता हुआ दिखाई देता। नहर पर वह नहाता और कपड़े धोता था। जब तक कपड़े सूखते, वह वहीं नहर किनारे बैठा-बैठा बच्चों की तरह कभी किसी टहनी से पानी को छेड़ता या कंकड़ियाँ फेंकता रहता, कभी गीले कपड़े लिए ही लौट आता और उन्हें बबूल पर सूखने के लिए फैला देता। धोती, कुरता, गंजी और टोपी। मन्दिर की चौखट या चबूतरे पर बैठा-बैठा वह अपने किरमिच के जूतों पर खड़िया चढ़ाता रहा। एक टुकड़ा खत्म हो जाता तो भीतर से खड़िया का बड़ा टुकड़ा उठा लेता।

रात-बिरात उसका गाना, अँग्रेज़ी बोलकर दूसरों को प्यार से देखते हुए कुटिलता से मुस्कराना, नहर पर नहाने और कपड़े धोने जाना या बस्ती से सामान लेकर चुपचाप लौट जाना, या अपने जूतों पर खड़िया चढ़ाते रहना और करीने से रहना—यह सब सामान्य-सा हो गया था। सभी के लिए।

इसीलिए जब वह तीन-चार रोज़ नहीं दिखाई दिया तो किसी ने कोई खास खयाल नहीं किया। पर मुन्शी कालीचरन और होटलवाले पण्डित राजाराम ने एक दिन गौर किया। देखा तो ताला भी बन्द नहीं था। दरवाज़ा भीतर से बन्द देखकर उन्हें खटका हुआ। दो-एक लोगों को बुला कर उन्होंने दरवाज़ा खोलने की कोशिश की। दरवाज़ा कोई खास मजबूत नहीं था। दो धक्कों में किवाड़ चूल से उतर आया।

कमरा भट्ठी की तरह भभक रहा था। विश्वनाथ एक कोने में अविचल पड़ा था। उसके आस-पास की धरती तक पसीने से भीगी हुई थी। कपड़े तर थे। मुँह, गर्दन और हाथ-पैरों पर पसीना ही पसीना था। सभी सकते में खड़े रह गए।

''चार दिन हो गए।'' राजाराम ने लोगों की तरफ देखकर कहा।

कालीचरन ने हिम्मत करके उसकी नाक के पास उल्टी हथेली लगाई। गरम-गरम साँसों का सेंक उन्हें लगा।

दो लोग सँभालकर विश्वनाथ को बाहर उठा लाए। बाहर लिटाकर मुँह पर छींटे दिए गए तो उसकी बेहोशी टूटती-सी लगी। मुँह में पानी गया, तो कुछ देर बाद बदन में यहाँ-वहाँ कुछ थरथराहट-सी हुई। धीरे-धीरे पसीना सूख गया। राजाराम ने नीबू और शहद चटाया तो उसमें जान-सी आ गई। लोगों ने तय किया कि उसे ज़िला अस्पताल पहुँचा दिया जाए।

तभी विश्वनाथ ने कुछ गहरी-गहरी साँसें लीं। मुँह में कुछ पानी और गया तो उसने आँखें खोलीं—थकी-थकी और कहीं न देखती हुई। राजाराम ने उसकी भारी पलकों और मुँह को हल्के-हल्के पानी से पोंछ दिया।

''पण्डित विश्वनाथ...कैसी तबियत है अब?'' धीरे से कालीचरण ने पूछा।

''अ...आ...इ...ई...'' उसके मुँह से हल्की-सी आवाज़ निकली थी।

''इन्हें अस्पताल पहुँचा दिया जाए...यही ठीक रहेगा।'' राजाराम ने कहा था और सभी ने यही ठीक समझा था। कालीचरन अपना पसीना पोंछते हुए सवारी का इंतज़ाम करने बस्ती की ओर चले गए थे।

तलाश

उसने बहुत धीरे-से दरवाज़े को धक्का दिया। वह भीतर से बंद था। जब तक वह सोई थी, तब तक बीचवाला दरवाज़ा बंद नहीं किया गया था। भिड़े हुए दरवाज़े की साँस से रोशनी का एक आरा-सा गिरता रहा था, रोशनी मोमिया कागज़-सी झिलमिलाती रही थी...

अपना दरवाज़ा खोलकर वह बरामदे में बाहर निकल आई। उसने उनके कमरे के बाहरवाले दरवाज़े को हल्के-से छुआ। वह खुला हुआ था। खामोशी से वह ज़ीने में उतरी ...गली का दरवाज़ा भी बंद नहीं था। उसे कुछ शंका हुई। ममी बिना कुछ कहे, इतने सवेरे कहाँ निकल गईं! ममी के पास काम भी बहुत था। ग्यारह-साढ़े ग्यारह बजे वह खुद सोयी थी।

जीने से वह फिर ऊपर बरामदे में आ गई। आहिस्ता से उसने उनके कमरे का दरवाज़ा खोला। नीचे कालीन पर रजिस्टर बिखरे हुए थे। लाल-नीली पेंसिलें पड़ी हुई थीं। कार्बन का डिब्बा पड़ा था। नीली और लाल दवातें और होल्डर रखे थे। कॉफी के एक प्याले में जली हुई तीलियां, राख और सिगरेटों के बदरंग टुकड़े पड़े थे।

ममी शायद बहुत थक गई थीं। वह पलंग पर बेखबर सो रही थीं। जूड़े के पिन सिरहाने रखे हुए थे। दाहिने तरफ वाले तकिए पर एक हलका-सा गड्ढा था। पलंग की सिरहाने वाली पाटी से एक सिगरेट दबाकर बुझाई गई थी। टुकड़ा नीचे पड़ा था।

उनके चेहरे पर बेहद मासूमियत थी। उतना ही धुला-धुला-सा चेहरा था, जितना सुबह उठकर मुँह धोने के बाद निखर आया करता था। साथ-साथ चाय पीते वक्त वह अक्सर बहुत लगाव से उनके चेहरे को देखा करती थी...ओस में धुले हुए कमल-सी ताज़गी उभर आया करती है...ममी के चेहरे पर। पता नहीं ऐसा क्या था ममी के चेहरे में कि वह डूबी-डूबी-सी देखती रह जाती थी !

वह चुपचाप उनके कमरे से निकल गई थी। अपने कमरे में जाकर उनके जागने का इंतज़ार करती रही थी। कुछ ही देर बाद उनके कमरे में कुछ आहट हुई थी और लगा कि ममी ने बरामदेवाले दरवाज़े की चटखनी बहुत आहिस्ता से बंद की थी और उतने ही धीमे से बीच वाले दरवाज़े की चटखनी खोली थी। चटखनी खोलने के बाद वह एकदम उसके कमरे में नहीं आई थीं। कुछ क्षणों तक चुपचाप वहीं खड़ी रही। फिर उन्होंने हल्के-से आवाज़ दी थी, ''सुमी, जाग गई?'' और वह कमरे से होती हुई बाथरूम की तरफ चली गई थीं। उनके साथ ही कमरे में एक ठंडा-सा झोंका आया था...शीतल-सी गंध फैल गई थी...जैसे वह बिस्तर से नहीं, गुसलखाने से नहाकर निकली हों।

जब तक वह बाथरूम से आई, सुमी ने चाय तैयार कर ली थी। वह रोज़ की तरह ही चाय पीने के लिए बैठी थीं। साड़ी उन्होंने जरूर कंधों से कुहनियों तक लपेट रखी थी। सलवटें कुछ ज़्यादा ही थीं। साड़ी के नीचे उनकी भरी-भरी संगमरमरी बाँहें झिलमिला रही थीं। आँखों में अथाह गहराइयाँ थीं। उनके बैठने में भी रोज़-जैसा फैलाव नहीं था, शालीन तनाव था।

''शायद मुझे दो रोज़ के लिए बाहर जाना पड़े...ग्रांट बाकी पड़ी है। साल खत्म होने से पहले साइंटिफिक इंस्ट्रूमेंट्स खरीदने हैं,'' ममी ने निहायत आसानी से कहा था।

''मैं बनी रहूँगी...आप हो आइएगा,'' सुमी ने दूसरा प्याला बनाकर उनके सामने रख दिया था।

''किसी दाई को कह दूँगी। वह यहाँ सो जाया करेगी। दो दिन की बात है,'' उन्होंने कहा, तो सुमी ने उतनी ही आसानी से स्वीकार कर लिया, ''जैसा आप ठीक समझें। दिन को तो कोई दिक्कत है नहीं, ऑफिस से आने में ही छह बज जाते हैं।''

''इस मामले में यह घर बहुत सेफ है !'' उन्होंने कहा, तो सुमी ने उत्साह से जोड़ दिया, ''यह तो सही है। डर बिलकुल नहीं लगता।''

और वे दोनों अपने-अपने काम पर जाने के लिए तैयार होने लगी थीं। अपने कपड़े निकालते हुए देख रही थी कि ममी कुछ उलझन में हैं। बार-बार वह ब्लाउज़ों को निकाल कर देख रही थीं। आखिर उन्होंने बाँहवाला एक ब्लाउज निकाल लिया था। उनके पास वह शायद इकलौता था। उसके साथ की कोई साड़ी भी नहीं थीं। वह हमेशा स्लीवलेस ही पहनती थीं। जैसे-तैसे उन्होंने कंट्रास्ट बना लिया था। उसे कुछ अटपटा-सा लगा। ममी की खुली हुई बाँहें सचमुच बहुत

खूबसूरत और सुडौल लगती थीं...कभी-कभी तो उसे स्वयं उनकी बाँहों से ईर्ष्या होती थी।

फिर वह ड्रेसिंग-टेबुल पर चली गई। और उसने देखा था कि वह एक सिम्त से बैठकर बाँहों की पिछली ओर एक निशान पर बेसक्रीम लगा रही थीं...शायद बाँह पर कोई नील था और उन्होंने बाँहों वाला ब्लाउज पहन लिया था।

एक क्षण के लिए सुमी को वह कुछ ज़्यादा उम्र की दिखाई दी थीं। पर वह टोकना नहीं चाहती थी। तैयार होकर वह बस के आने का इंतज़ार करने लगी थीं। कॉलेज की बस में स्टाफ के लोग भी जाया करते थे। वह बारजे पर कुछ इस तरह खड़ी इंतज़ार कर रही थीं जैसे स्कूली बच्चे करते हैं।

सुमी यह सब देखती रही। वह जब छोटी थी, तब भी उसे अपनी ममी बहुत सुंदर लगती थीं। उनके सुडौल हाथ-पैर, तराशे हुए नक्श और ताज़गी ! उनमें ऐसी ताज़गी थी, जो उम्र के साथ खिलती आई थी, उसकी किसी मित्र ने उन्हें देखकर मां नहीं समझा था। ज़्यादा-से-ज़्यादा बड़ी बहन ही माना था। उनका रख-रखाव भी ऐसा था कि अपने तन को उन्होंने बिगड़ने नहीं दिया था ...उसमें वही लोच और नर्मी थी, जो सुमी को अपने में नहीं लगती थी। उनके तन से ऐसी अछूती गंध फूटती थी, जो सबको अपनी तरफ खींचती है।

महीने में एक बार तो उनका तन इतना तेज महकता था कि सुमी बार-बार किसी-न-किसी बहाने से उनके कंधों पर अपना सिर रख देती थी। तब जैसे गंध का एक झरना बहने लगता था।

दो कमरों का घर उस घाटी-सा गमकने लगता था, जिसमें कस्तूरी-मृग आ गया हो। फिर दो-तीन दिनों बाद वह गंध धीरे-धीरे डूबने लगती थी...

...बस आई और ममी चली गईं। सुमी उन्हें जाते हुए देखती रही। बस में स्टाफ के लोग थे और कॉलेज की कुछ लड़कियाँ भी।

उनके जाते ही वह अकेली रह गई थी। एकाएक उसे लगा था जैसे सुमी ही बाहर चली गई थी और वह ममी की तरह घर में रह गई हो। अकस्मात, उसने अजीब तरह की ज़िम्मेदारी महसूस की और उनके कमरे में जाकर उसने सब सामान करीने से लगाना शुरू कर दिया था। रजिस्टर और कॉपियाँ बटोरकर एक ओर छोटी मेज़ पर रख दीं। बिस्तर झाड़कर कवर कर दिया था। बिस्तर झाड़ते वक्त ज़रूर एक अव्यक्त-सी तकलीफ उसे हुई थी और लगा था कि ममी की चीज़ें छूने का उसे कोई अधिकार नहीं है...फिर कमरे में खड़े-खड़े फ्रेम में लगी वह तसवीर देखती रही थी, जिसमें पापा और ममी के साथ नन्हीं-सी वह

खुद बैठी हुई है। न जाने क्यों उस तस्वीर को वह उठा लाई और उसे अपने कमरे में रखकर, उसकी जगह ममी के कमरे में वह वाली तस्वीर रख आई थी, जिसमें सागर उमड़ रहा था और ऊँचे आसमान में जलपक्षी उड़ रहे थे।

उसे वक्त का ख्याल भी नहीं रहा था। एक बक्सा खोलकर उसने पापा की वह डायरी निकाली थी, जिसमें वह हर महत्त्वपूर्ण घटना को नोट किया करते थे। उसमें रिश्तेदारों के कुछ पते, कुछ हिसाब और जन्मतिथियाँ लिखी हुई थीं। ममी की जन्मतिथि भी थी और उसकी भी...देखा, तो एकाएक देखती रह गई... ममी कुल उन्नीस बरस बड़ी हैं। बीस की वह और उन्तालीस की ममी !

ममी का जन्मदिन तब से मनाया ही नहीं गया...सचमुच ममी को कितना सूना लगता होगा ! आठ बरस निकल गए...पर लगता है, पापा जैसे अभी-अभी उठकर चले गए हों। उनके मरने की बात अब बहुत पुरानी सी लगती है। एक बीती हुई बात की तरह। लोग ठहर जाते हैं, पर कुछ बातें हैं, जो बीत जाती हैं...पापा की बातें तो जैसे बीत गई हैं, पर वह खुद अभी तक रुके हुए हैं। लेकिन अब कुछ-कुछ ऐसा लगता है, जैसे पापा डगमगा गए हों और चुपचाप घर से चले जाना चाहते हों। जैसे वह अपनी गलती महसूस कर रहे हों। यूँ चुपचाप आठ बरस तक खामोश बैठे रहकर उन्होंने अच्छा नहीं किया।

वह आहिस्ता से पापा को उठाकर अपने कमरे में ले आई। बहुत देर वह चुपचाप बैठी रही और उन्हें ताकती रही। वह खामोश थे। उन्होंने कुछ नहीं कहा।

शाम को ममी पहले लौट आती हैं। वह वापस आई, तो उन्होंने चाय बना ली थी। घर आकर ममी ने साड़ी तो बदली थी, पर ब्लाउज़ नहीं। मन में आया था कि पूछ ले, पर लगा था कि ब्लाउज़ न बदलने वाली बात पूछने का अधिकार सिर्फ पापा को है...पर वह खामोश बैठे हुए थे।

"मम्मी, तुम कहीं घूम आया करो। तुमने तो अपने को एकदम बाँध लिया है... इतना काम करती हो..." सुमी बोली, तो उसे अपनी ही आवाज़ बहुत बूढ़ी-सी लगी।

ममी ने उसे गौर से ताका था। सचमुच उसका वह मतलब नहीं था, अपनी बात को सहज बनाने के लिए उसने आगे जोड़ दिया था, "तुम्हारे साथ-साथ मैं भी निकल चला करूँगी...कभी-कभी मन बहुत ऊबता है।"

ममी के होठों पर हलकी-सी मुस्कराहट आ गई थी।

"चल, आज पिक्चर देख आएँ...वहीं कुछ खा-पी लेंगे।" ममी ने कहा था।

उसने प्रस्ताव मंजूर कर लिया था। ममी फिर साड़ी के चुनाव में उलझ गई, तो उसने अपनी साड़ी उनके सामने रख दी, "यह पहन लो, ममी...बहुत

अच्छी लगेगी।'' एक क्षण के संकोच के बाद उन्होंने सुमी की साड़ी बांध ली थी और तितली की तरह तैयार हो गई थीं।

घर से निकलते वक्त सुमी ने बत्तियाँ बुझाईं और ताला लगाया था। जीने में उतरते वक्त ममी ने धीरे-से कहा था, ''शायद बिजली का बिल अभी तक पड़ा हुआ है।''

''मैं कल जमा करवा दूँगी।''

और फिर धीरे-धीरे उसने सब हिसाब-किताब सम्भाल लिया था। अंडे वाले ने इस बार जब उससे पूछा, ''मेम साहब, क्रीम तो नहीं चाहिए ?'' तो उसे कुछ अटपटा-सा लगा था।

घर-खर्च की सारी पर्चियां, बिल और कैशमेमो उसके कमरे में जमा हो गए थे। धोबी की किताब उसकी अलमारी में आ गई थी। दूधवाले की पर्ची उसके पर्स में पहुँच गई थी।

उसकी चार साड़ियाँ और एक ब्लाउज़ ममी के कपड़ों में जा मिले थे।

वह हर सुबह ममी के तैयार होने की राह देखती। उन्हें जो चप्पल पहननी होती, पहन लेतीं। उसके बाद वह कोई-सी भी चप्पल पहनकर चली जाती।

वह खुद ज़िद करके भी ममी को पहनाती थी। उसने जबर्दस्ती उनका शाल उतरवाकर कार्डिगन पहना दिया था।

''यह क्या तमाशा करती है, सुमी...तू क्या पहनेगी, बता ?'' ममी ने प्यार से झिड़कते हुए कहा था।

''मेरे पास कोट है।''

''वह पुरानी...''

'इतनी जल्दी कपड़े पुराने नहीं होते...कल ड्राईक्लीन करवा लिया था, एकदम नया निकल आया है,'' वह बोली थी।

''पुरखिन हो गई है !'' ममी ने प्यार से कहा था।

और शाम को जब वह लौटी, तो ममी के कमरे में फिर रजिस्टर और कॉपियाँ फैली थीं। ट्रे में चाय के खाली बर्तन पड़े थे। लाल-नीली दवातें थीं, पेंसिलें थीं और एक प्लेट में सिगरेट के टुकड़े, राख और तीलियाँ थीं। ममी बारजे पर झुकी हुई दूर कुछ देख रही थीं। शायद कुछ ऐसा, जो सड़क की भीड़ में उन्हें कतई अलग दिखाई दे रहा था।

सुमी का आना उन्हें पता चला। कुछ क्षणों बाद बारजे में ही वह कुछ सोचती-सी खड़ी हो गई थीं।

''ममी...चाय पी लो...'' उसने पुकारा तो वह कुछ चौंक-सी गई, ''मुझे पता ही नहीं चला, तू कब आ गई। चाय भी बना ली...मैं ज़रा थक गई थी...आजकल कॉलेज में काम बहुत बढ़ गया है। एक भी घंटा फ्री नहीं मिलता...डिमॉन्स्ट्रेटर भी छुट्टी पर है...'' तमाम टूटी-फूटी बातें कहती हुई वह सुमी के कमरे में आ गई थीं।

उनके माथे पर लाल स्याही से एक गोल बिन्दी बनी हुई थी। स्याही की किनारियाँ सूखकर गोटे की लकीर की तरह झिलमिला रही थीं। ममी उतनी ही सुन्दर लग रही थीं, पर वह बिन्दी उसे खुलकर उन्हें देखने से रोक रही थी। शायद ममी को कुछ उलझन होने लगे या वह बर्दाश्त न कर पाए।

''मुझे आज बहुत काम करना है,'' सुमी ने धीरे से कहा था।

''कुछ मैं करवा दूँ ?'' ममी ने सहारा पकड़ा था।

''हमारे यहाँ एक और एक्सचेंज खुल रहा है...'कोड मेसेजेज़' के लिए। उसकी क्लासेज़ शुरू हुई हैं, उन्हीं लेसन्ज़ को दुहराना है,'' सुमी ने सब समझा दिया था।

''तो तू अपना काम कर...खाना मैं बना लेती हूँ।''

''सूप बना लो, ममी, ज़्यादा भूख भी नहीं है। स्लाइसेज़ तल लेंगे, बस हो जाएगा।''

'अच्छा।'' कहकर वह उठ गई थीं।

फिर खामोशी छा गई थी। दोनों कमरे दो अलग-अलग दुनियाओं में बदल गए थे। उसके कमरे में पापा अब भी रुके हुए थे। ममी शायद उनसे कुछ बात करना चाहती थीं। शायद उन्हें लग रहा था कि पापा की तरफ से सुमी ही बात कर सकती है। और सुमी को लगा कि यहाँ से निकलकर अगर चल दे, तो पापा भी नहीं रुक पाएँगे। वह उसके साथ पीछे-पीछे चले आएँगे। चुपचाप।

अपने कमरे में जाकर ममी ने पुराने कागज़ों और सामान को उलटना-पुलटना शुरू कर दिया था। उन्हीं में पापा के कुछ पुराने खत निकल आए थे। कुछ देर बाद उसने ममी को बाथरूम की तरफ जाते देखा था। लौटकर वह आई, तो मुँह धुला हुआ था। बिन्दी मिटी हुई थी। चेहरा बहुत ताजा-ताजा लग रहा था।

''सुमी, ज़रा बड़ी वाली अलमारी खिसकानी है। उसके पीछे कुछ कागज़ गिर गए हैं। आ तो ज़रा...'' ममी ने कहा, तो वह उठकर गई थी। अलमारी खिसकाई, तो कागज़ों का एक अम्बार लुढ़क पड़ा और वह छड़ी भी, जो पापा

ने पहाड़ पर खरीदी थी। एक बार उनके पैर में मोच आ गई थी। धूल का एक बगूला गिरे हुए कागज़ों से उठा था और ममी बेतरह खाँसने लगी थीं।

"तुमने अपने कमरे में क्या-क्या जमा कर रखा है, ममी? इतने सामान के बीच दम नहीं घुटता? कुछ उधर जीने वाली अलमारी में रख देती हूँ।" उसने कहा, तो उन्होंने प्रतिवाद नहीं किया। दोनों ने मिलकर बहुत-सा सामान जीने वाली अलमारी में लगा दिया।

"छड़ी मैं अपने कमरे में रखूँगी," सुमी ने कहा, तो बात में अजीब-सी विसंगति दिखाई दी, पर वह धीरे-से फिर बोली, "कभी-कभी रात में उधर बिल्ली आती है..."

और ममी जब सूप बनाने के लिए चली गई, तो जीने वाली अलमारी से वह पापा की फाइलें चुपचाप उठा लाई और उन्हें पलंग के नीचे रख लिया था।

पापा का वह बचा-खुचा सामान जैसे हर वक्त इधर से उधर चलता रहता था। वह छड़ी और वह सामान अपना ठिकाना नहीं खोज पा रहे थे। तीसरे दिन उसने सारे सामान को मेज की नीचे वाली पटरी पर संभाल कर रख दिया था, पर सफाई करते वक्त वह वहाँ से भी लुढ़क पड़ा। अलमारी के भीतर बड़ी-बड़ी फाइलें किसी भी सिम्त से समाती नहीं थीं। अलमारी बहुत संकरी थी। हारकर उसने एक गठरी बाँध ली और उसे फिर पलंग के नीचे रख लिया था। पापा भी रुके हुए थे।

उसी दिन ममी ने कहा था, "मैं आज रात की गाड़ी से जाऊँगी। वो कॉलेज के लिए सामान खरीदना था न...मार्च खत्म होने से पहले-पहले पेमेंट करना होगा... तीसरे दिन आ जाऊँगी। दाई से मैंने कह दिया है। वह रात को होस्टल से आ जाएगी, यही दस-साढ़े दस बजे।"

"तुम्हारी गाड़ी किस वक्त जाती है?"

"आठ बजकर पांच मिनट पर..."

"चपरासी आएगा न?" सुमी ने कहते ही अपनी गलती भांप ली, तो उसे ठीक कर लिया, "तुम्हारा सामान ठीक कर दूँ..."

"दो दिन की तो बात है, कौन बहुत-सा सामान ले जाना है।" ममी ने कहा और वह सूटकेस खाली करने लगीं।

सुमी ने ज़िद करके अपनी साड़ियाँ और पर्स उन्हें दे दिया था। वह अपने कमरे में कपड़े बदलने चली गई। सुमी ने रूमालों का एक सेट रखने के लिए

सूटकेस खोला, तो जेब में चपटा-सा पैकेट पड़ा देखकर वह बेहद सकुचा गई थी। सूटकेस बंद करके उसने रूमाल ऊपर रख दिए थे।

ममी साड़ी बदलकर आईं, तो उनके तन से गंध फूट रही थी...पर उनके कंधे पर सिर रखते हुए संकोच हो रहा था। तब एक क्षण के लिए उसने महसूस किया था कि वह गंध पिछले दो-तीन दिन से घर-भर में समाई हुई थी।

ठीक सवा सात बजे नीचे टैक्सी का हॉर्न बजा। ममी एकाएक घबरा-सी गईं। उतावलेपन में वह अपना सूटकेस उठाकर खुद ही सीढ़ियाँ उतरने लगीं। तभी टैक्सीवाला सरदार ऊपर आ गया था। सुमी ने बिस्तर उसके लिए लुढ़का दिया और उनके हाथ से सूटकेस लेना चाहा, तो उन्होंने बड़ी आसानी से कहा था, "वह ले जाएगा।"

जब तक टैक्सीवाला सरदार दुबारा नहीं आया, वह वहीं सीढ़ियों पर रुके-रुके उससे बात करती रहीं, "दाई ज़रूर आ जाएगी...इधर का दरवाज़ा बंद रखना... रुपए हैं न ?...दाई से कहना, वह शाम का खाना भी बना देगी।"

और वह ज़रा तेज़ी से ही सीढ़ियाँ उतर गई थीं। सुमी बारजे पर आ गई। टैक्सी की खिड़की से उन्होंने ऊपर देखते हुए धीरे से हाथ हिलाया था। टैक्सी चल पड़ी थी। उधरवाली खिड़की से सिगरेट का एक सुलगता हुआ टुकड़ा सड़क पर गिरा था। सुमी वहीं खड़ी-खड़ी उस टुकड़े को ताकती रही थी।

बहुत-सी पेटियों में सामान आया था। ममी रात को वापस आई थीं, इसलिए पेटियाँ घर पर ही उतारी गई थीं। वह बहुत खुश थीं, "हमारे कॉलेज में जो-जो इन्स्ट्रूमेंट्स अब आ गए हैं, किसी भी कॉलेज की लैब में नहीं हैं।"

और गन्दे कपड़े निकालने के लिए जब उन्होंने होल्डाल खोला था, तो सबसे पहले रूमाल निकालकर सुमी को दिए थे, "एक भी नहीं खोया...पांच ये रहे, एक पर्स में है। ठीक है न..."

मलगुजे रूमालों में उड़ा-उड़ा सेण्ट महक रहा था...एक साड़ी के साथ ऊनी मोज़ा झाँक आया, तो ममी ने वह साड़ी होल्डाल की जेब में दबाते हुए कहा था, "फिर निकाल लेंगे, जब धोबी आएगा," और उसे लपेटकर पलंग के नीचे सरका दिया था।

उन दोनों के बीच पानी का एक रेला आ गया था। वे सिर्फ किनारों की तरह समानान्तर खड़ी रह गई थीं। और कभी-कभी ममी उसे देखकर ऐसे घबरा

उठती थीं, जैसे पापा आ गए हों। और वह ममी को देखकर ऐसे अकुला उठती थी, जैसे पापा चले गए हों। पर पापा थे कि न आते थे, न जाते थे...वह सिर्फ रुके हुए थे।

आखिर सुमी ने दिल कड़ा करके एक दिन कह ही दिया था, ''ममी यहाँ से मुझे ऑफिस बहुत दूर पड़ता है...अगर दो-तीन महीने में तुम्हें कॉलेज का काटेज मिल गया, तो ऑफिस और भी दूर हो जाएगा...इस वक्त वर्किंग गर्ल्स होस्टल में जगह मिल सकती है...अगर तुम कहो तो मैं वहाँ सीट ले लूँ...?''

ममी एकाएक गम्भीर हो गई थीं। उन्होंने गौर से सुमी को देखा था। पर उसके चेहरे पर कहीं भी विक्षोभ नहीं था। आँखों में कोई दूसरा रंग नहीं था और लहज़े में भी कटुता नहीं थी। सब कुछ सहज था।

''वहाँ तुम्हें दिक्कत होगी,'' ममी के स्वर में प्यार था।

''तो घर भाग आऊँगी,'' सुमी के लहजे में बहुत अपनापन था। बात बहुत आसान-सी रह गई थी। उसमें कोई पेंच या मरोड़ नहीं था।

पहली तारीख को सुमी होस्टल में पहुँच गई। ममी उसके साथ आईं और कमरे में सामान सजा गई थीं। कुछ चीज़ें खरीदकर दे गईं। बहुत-सी हिदायतें दे गईं। शुरू-शुरू में कुछ दिनों तो वह हर शाम कुछ देर के लिए आती रहीं, कभी सुमी जाती रही; फिर धीरे-धीरे टेलीफोन पर मुलाकात होने लगी...और फिर उसमें भी व्यवधान पड़ने लगा।

पर यह अच्छा हुआ था कि पापा उसके साथ चले आए थे। अब उसे पापा पर भी उतना तरस नहीं आता था। वह ममी के मोहताज नहीं रह गए थे। उसने उन्हें मुक्त कर लिया था। पर होस्टल का अकेलापन खाने दौड़ता था। सनकी लड़कियों के बीच दम घुटता था। लगता था कि वे सब भी पापा की तरह ही कहीं-न-कहीं रुकी हुई थीं।

एक दिन वह बहुत अकेली थी, तो पापा के कागज-पत्तर खोलकर बैठ गई, डायरी खोली, तो देखते-देखते नज़र पड़ी—ममी के जन्मदिन पर...पापा ने बड़े प्यार से ममी के बारे में कुछ लिखा था, जीवन-भर सुख देने की शपथ खाई थी। ग्यारह बरस पहले उन्होंने वह सब लिखा था...उसे बड़ी शांति मिली थी। पापा की तरफ से उसने उन्हीं की इच्छा पूरी कर दी थी। उसने तारीख देखी। तीन दिन बाद ही ममी चालीस की हो रही थीं।

और वह ममी के जन्मदिन पर बहुत सुबह-सुबह ही नरगिस के फूलों का गुच्छा लेकर पहुँची थी। वहाँ पहुँचकर एकाएक वह असमंजस में पड़ गई थी।

इस वक्त आकर उसने अच्छा नहीं किया। शायद ममी को उलझन हो। उसका इस तरह आना खल जाए। उसे कल फोन कर देना चाहिए था। लेकिन लौटते भी बन नहीं रहा था।

उसने धीरे-से दरवाज़े पर दस्तक दी।

''आई'' ममी की आवाज़ थी।

उन्होंने दरवाज़ा खोला, तो सुमी ने नरगिस के फूल लिये-लिये ही उन्हें प्यार से बाँहों में कस लिया था। फिर फूल हाथों में पकड़ा दिए थे।

ममी ने एक बार सुमी को देखा था, फिर फूलों को और सोचती-सी बोली थीं, ''तेरे पापा भी यही फूल लाते थे...''

फिर अपने को सम्भालते हुए वह जल्दी-जल्दी गई और चाय बना लाई थीं। प्याला बनाकर उन्होंने सुमी के आगे बढ़ा दिया था। चाय पीते हुए, दोनों ही अपनी-अपनी जगह बहुत अलग-अलग-सी, एक-दूसरे को देख लेती थीं। आखिर ममी ने धीरे-से पूछ लिया था, ''सुमी, वहाँ कोई दिक्कत तो नहीं ?''

''नहीं ममी...बस, कभी-कभी बहुत सन्नाटा-सा लगता है।''

''यहाँ भी बहुत लगता है,'' ममी ने कहा था। फिर वह कुछ सकुचाई-सी देखती रही थीं और अपने में उलझती हुई बोली थीं, ''घर में नाश्ता भी तो नहीं है...तुझे क्या कराऊँ?''

''अंडेवाला अभी नहीं आया?''

''उसे छुड़ा दिया था,'' ममी की आँखें शायद हलके-से नम हो आई थीं। वह इधर-उधर देखने लगीं। फिर अपने पर ही हँसती हुई-सी उठी थीं, कुछ और सहारा न पाकर मेज़ पर रखे कैलेण्डर को देखने लगी थीं। हँसते-हँसते ही बोली थीं, ''जब से तू गई, तारीख ही नहीं बदली। ख्याल ही नहीं रहा।''

और सुमी चाहते हुए भी कुछ कह नहीं पा रही थी। उसे लग रहा था कि चलने के लिए उठने से पहले वह ज़्यादा-से-ज़्यादा पूछ पाएगी, तो यही कि 'ममी, कितना बज गया है...''

❑ ❑ ❑